EL MURMULLO DE LA SOMBRA

Rose Marie Tapia R.

I.S.B.N. 9789962656210

Portada: Kevin Reimer K.
Copyright © 2013
Rose Marie Tapia

Si muero sobrevíveme con tanta fuerza pura
que despiertes la furia del pálido y del frío,
de sur a sur levanta tus ojos indelebles,
de sol a sol que suene tu boca de guitarra.

No quiero que vacilen tu risa ni tus pasos,
no quiero que se muera mi herencia de alegría,
no llames a mi pecho, estoy ausente.
Vive en mi ausencia como en una casa.

Es una casa tan grande la ausencia
que pasarás en ella a través de los muros
y colgarás los cuadros en el aire.

Es una casa tan transparente la ausencia
que yo sin vida te veré vivir
y si sufres, mi amor, me moriré otra vez.

Pablo Neruda

CAPÍTULO 1

—¿Dónde estoy?

—Cálmese, señora, está en el hospital.

—¿Hospital? ¿Qué me pasó?

—Tranquila, sufrió la pérdida del conocimiento.

—No recuerdo nada, ¿dónde estaba?

—No se agite, llamaré al médico que la ingresó.

La enfermera encargada de cuidados intensivos regresó con el Dr. Bermúdez. Este se acercó a la paciente y le preguntó cómo se sentía. Desorientada, respondió. En ese momento, abruptamente, lo recordó todo. La muerte repentina de su esposo, el funeral, los invitados dándole el pésame, y la voz que escuchó. Una voz de ultratumba que la culpaba de la muerte de Mario. Después, se sumió en la oscuridad.

—Doctor, acabo de recordar. No puedo soportar esta terrible tragedia, no puedo. No tengo a nadie, estoy completamente sola. Sí, no me mire así, mi padre murió hace dos años, también en un accidente y dos semanas después, mi madre amaneció muerta. Fue difícil superar dos desgracias tan seguidas. Sin embargo, Mario me ayudó. Casi enseguida se casó conmigo. Ahora, él también me abandona, estoy sola. No tengo a nadie, a nadie.

El Dr. Bermúdez no supo qué contestarle a la paciente. ¡Qué se le puede decir a una persona en tales circunstancias! Nada. No obstante, hizo un esfuerzo para procurar consolarla.

—Yazmina, por favor tómelo con calma. La internamos en cuidados intensivos, porque su pérdida de conocimiento se prolongó por más de una hora y eso no es normal. La transferiré a una habitación y le haremos algunos análisis. En cuarenta y ocho horas tendremos los resultados y si todo sale bien, podrá irse a su casa.

Las escenas previas a su desmayo llegaron a la mente de Yazmina como una tortura, una sentencia. Al salir de la iglesia, luego del sepelio, se acercó al ataúd de roble, café oscuro, con asideros de bronce. Por el cristal, entre la bruma de las lágrimas que se esforzaba en contener, observó el rostro de Mario. En ese instante, el cortejo se detuvo y los asistentes la contemplaron en silencio, expectantes.

Por el rabillo del ojo vi moverse algo, un reflejo del cristal, tal vez. Una sombra fugaz, que avanzaba hacia mí. Procuré conservar la calma, a pesar de que el corazón golpeaba con fuerza mi pecho, con la respiración entrecortada, tragué saliva, sintiendo que se me contraía la garganta. Percibí una atmósfera acechante, la sombra oscura se deslizaba, cada vez más cerca y de repente, se abalanzó sobre mí. Estaba a punto de engullirme, cuando oí un débil gemido y luego otro, semejante a un murmullo. No lograba descifrar los sonidos. Miré de un lado a otro para comprobar si las personas que me rodeaban veían o escuchaban lo mismo, pero no hubo ni una sola señal.

Permanecí allí largo rato, con el pecho agitado por convulsivos jadeos, la garganta seca y dolorida y mi cuerpo apenas se sostenía sobre las piernas temblorosas que se doblaron. Mis pies dormidos, entumecidos por la fuerte impresión, no me permitieron dar un solo paso. Apreté los puños con fuerza pugnando por recobrar el control. Pero de pronto, sentí la rara sensación de que un chorro de agua helada caía sobre mi cuerpo. Entonces, escuché un susurro, un murmullo. Una vez más intenté moverme, sin lograrlo. El murmullo se hizo más fuerte y se fue aclarando, entonces escuché esa voz aterradora y entendí lo que decía: asesina.

Estaba resuelta a guardar silencio y no contárselo a nadie. Aunque sabía que el mero hecho de decirlo, me ayudaría a recobrar la confianza en mis facultades mentales y convencerme de que no fui la víctima de una pesadilla terrible, sino testigo de una realidad escalofriante. Pero, no me atreví.

Dos días después, el médico dio de alta del hospital a Yazmina. Los resultados de los análisis fueron normales. El Dr. Bermúdez le aconsejó que consultara a un psiquiatra, para que la ayudara a manejar su duelo de una manera adecuada.

—Dr. Bermúdez, necesito que me recete un medicamento para dormir. Los dos últimos dos días no he dormido casi nada.

—Prefiero que lo haga el psiquiatra. Si al cabo de dos o tres días no logra dormir por lo menos cinco horas, consúltelo.

Cuando Yazmina se dirigía a la caja para pagar la cuenta, se encontró con Mercedes, su mejor amiga, quien la abrazó.

Mercedes era una mujer guapa, siempre peleando con un ligero sobrepeso que en nada le restaba atractivo. Cabellos castaños, cortos, al estilo colegiala. Su rostro siempre reflejaba una alegría poco común, pero esta vez se veía triste por la tragedia de su amiga.

Cuando Yazmina le contó sobre la muerte de sus padres, sintió compasión por ella y apreció a su familia.

Tenía dos hermanas y unos padres que la adoraban. Aunque preocupados porque, a sus treinta y ocho años, todavía no se había casado ni tenía una relación formal. Hacía más de un año que no salía con nadie, pues Mercedes afirmaba que con los años una se vuelve más exigente y hay menos prospectos donde escoger.

—Merci, me he quedado sola.

—No estás sola, cuentas conmigo para lo que necesites.

—Gracias, pero me siento desorientada y no sé qué hacer.

—No hagas nada, te llevaré a tu casa para que descanses.

Mercedes le contó que el día anterior, cuando la visitó y charló con el Dr. Bermúdez, este le anunció su salida. Insistió en que debía acompañarla, que estuviera pendiente de ella y que le informara de cualquier anomalía que surgiera.

—Amiga, solicité un mes de vacaciones y te cuidaré como a una nena chiquita.

—Pero, tú estabas esperando las vacaciones para salir de viaje.

—Eso era antes. Ahora tú me necesitas. Y no acepto un no por respuesta, para eso somos las amigas.

—Gracias, mi querida hermana. Sabes, la madre de Mario nunca me aceptó, el padre, dominado por ella, casi no me dirigía la palabra, a excepción tuya, casi todos me ignoraron. El día que te conocí pensé que adoptarías la misma actitud, pero no fue así. Desde que nos conocimos, te sentí cercana. A partir de ese momento, inició nuestra gran amistad. Mario era un hombre contradictorio, en vez de alegrarse de que por lo menos tú te llevabas bien conmigo, se puso celoso. Nunca tuvo hermanas y te consideraba a ti como su única familia después de sus padres. Sin embargo, cuando discutíamos, decía que tú me dabas la razón sin ser tu familiar y aseguraba, molesto: "te quiere más que a mí".

—Eso era porque tú siempre tenías la razón, ya sabes cómo era mi primo. La madre de Mario no se llevaba contigo porque estaba empeñada en que su hijo se casara con la hija de su mejor amiga. Desde niños fueron novios, pero cuando Mario te conoció, terminó su relación con ella. La chica se deprimió mucho y la tuvieron que ingresar en un sanatorio psiquiátrico por varios meses. A partir de ese incidente, las dos amigas se distanciaron. Ella no culpaba a Mario, ya que, todo se lo disculpaba. Buscó un culpable y tú fuiste la elegida.

Yazmina le contó a Mercedes que meses atrás cuando viajó con Mario porque su madre tenía una enfermedad terminal. La señora se negó a verla. Tuvo que esperar por horas a que Mario hablara con su madre. Este nunca le contó acerca de la charla que sostuvieron, pese a que ella le preguntó, él le respondió que eran problemas de familia y la excluyó como lo hacían sus padres. Dos días después, la señora falleció y ella, a pesar de todos los desprecios, acompañó a Mario al funeral. Cuando se acercó a darle el pésame a su suegro, este le dijo que no creía que ella sintiera la muerte de su esposa.

—Merci, no pude responderle, la verdad es que ni me dolía, ni me alegraba, solo sentía indiferencia. Por esa razón, no le comenté a Mario el incidente. Es la primera vez que hablo de eso. En ocasiones, pienso que la familia mía y la de Mario están signadas por la desgracia. Meses después, el padre de Mario también murió. No estaba enfermo y amaneció muerto, igual que le pasó a mi madre. Como si sus respectivas parejas hubieran venido a buscarlos. ¿Será que eso me sucederá?, ¿qué Mario vendrá por mí?

—No seas macabra, Yaz.

—Solo pensaba en voz alta.

—Controla tu pensamiento. Es la fuente de nuestras bienaventuranzas o de nuestros martirios.

Al llegar a casa, Yazmina la encontró en orden y le preguntó a Mercedes. Ella le explicó que como tenía la llave del apartamento, llevó a su empleada y entre las dos lo limpiaron para que ella se sintiera confortable.

La entrada principal del apartamento estaba compuesta por dos grandes puertas de madera que se abrían a una gran habitación con dos grandes balcones. El piso era de fina madera y el techo de cristal. Desde uno de los balcones se divisaba el mar y del otro, una impresionante vista de la ciudad. Aire acondicionado central para mantener una temperatura agradable en toda la estancia. Una gran sala familiar, así como la sala de estar y un amplio comedor. Cada una de las cuatro habitaciones contaba con su propio cuarto de baño. El dormitorio principal con un gran vestidor y una bañera de hidromasaje. La cocina, amplia con un área para desayunar, una isla grande, y un montón de gabinetes de estilo moderno. Junto a la cocina, el cuarto de lavar y la habitación para el personal de servicio.

La empleada había renunciado un día después de la muerte de Mario y afirmaba nerviosa haber visto su fantasma. No esperó la liquidación de su salario y dejó una carta donde pedía disculpas y avisaba que regresaría a su pueblo.

Mercedes le reiteró a Yazmina que era importante que encontrara todo en orden, pues eso la ayudaría a estabilizarse.

—Eres joven y debes rehacer tu vida. Siempre has

sido valiente y nunca has rehuido el combate. Lucha contra la tristeza que te abate. No te dejes caer en depresión.

—No es fácil. No es solo desolación lo que siento. Tengo miedo.

—Es natural, es difícil enfrentar la vida sin Mario.

—No es eso lo que temo.

—No entiendo.

—Es una sensación que brota de mi interior, un flujo, una evocación nauseabunda del cementerio. Como si Mario saliera de su tumba y caminara a mi encuentro.

—Dios mío, no seas siniestra. ¿De dónde sacaste ese disparate?

Por primera vez en su vida, Yazmina fue consciente de la fragilidad de las cosas que creemos permanentes, de la facilidad con que se resquebraja lo estable, lo volátil de la realidad, como si un huracán entrara por la ventana y dejara todo en escombros. Con el matrimonio ella había logrado la estabilidad que tanto anhelaba. Ahora sus pies se hundían en las tierras movedizas de la incertidumbre.

Yazmina le contó a Mercedes que minutos antes de su desmayo en el funeral, tuvo una visión y escuchó una voz. El semblante de Mercedes se desfiguró sin poder disimular su angustia. Pensaba que su amiga deliraba e intentó controlarse sin lograrlo. Su voz sonó alterada cuando le preguntó lo que decía la voz.

—Me culpó por la muerte de Mario.

—¿Quién te culpó?

—La voz.

—¿Y de quién era la voz?

—No la pude reconocer.

—Imposible, tú no tuviste la culpa. Mario conducía a alta velocidad cuando su automóvil se volcó.

—Eso sucedió porque discutimos y lo amenacé con separarnos. Recibí una carta de su secretaria, confesándome que eran amantes y que Mario le había prometido divorciarse de mí para casarse con ella.

—No, Yazmina, esa mujer está loca. Mario jamás te hubiera dejado por ella. Además, ellos nunca fueron amantes. Dos días antes del accidente, él la despidió de la empresa por ladrona. La venganza de esa mujer fue enviarte esa carta llena de mentiras.

—¿Y por qué Mario no me contó los problemas que tenía con ella?

—Pensó que podría solucionarlo sin involucrarte.

—Razón de más para que esa voz me culpe por su muerte.

—Escúchate, hablas como si hubieras perdido la razón.

Yazmina se cubrió el rostro con las manos y empezó a llorar. Su desconsuelo era tan grande, que Mercedes la abrazó, diciéndole que tuviera paciencia, que el tiempo, era la mejor medicina para curar su dolor.

Mercedes acompañó a su amiga por varias horas, le cocinó, pero ella se negaba a comer. Después de mucho insistirle, logró que tomara un plato de sopa de pollo. Cerca de las ocho de la noche, Mercedes se retiró, no sin antes decirle que la podía llamar a cualquier hora. Pero al llegar a la puerta, regresó y le preguntó:

—¿No quieres que me quede a dormir? Es la primera noche que pasarás sola en tu apartamento y después de lo que me contaste, no creo que sea prudente.

—Tranquila Merci, si te necesito, te llamo.

—¿Estás segura?

—Sí, segura.

Yazmina procuró distraerse mirando la televisión hasta tarde. Ningún programa llamaba su atención.

Después de cambiar de un canal a otro por más de una hora, sintonizó el catorce. El programa ya había iniciado, pero de inmediato captó su interés. Contaba la historia de una niña que había perdido a su madre. En las noches ella se le aparecía y le leía su cuento favorito. A la mañana siguiente, la pequeña se lo contó a su padre y este, molesto, rompió el libro en pedazos. La niña intentó pegarlo, pero fue imposible porque estaba destruido. Esa noche la niña se sentía triste, porque su papá no le había dado las buenas noches y ya no tenía su libro de cuentos. A punto de dormirse escuchó un ruido. Era su madre quien le dijo que no se preocupara por el libro, pues ella se sabía todos los cuentos de memoria. Yazmina observó que la mamá entraba y salía por el espejo. Así pasaron los años hasta que la niña fue adulta y su madre dejó de visitarla.

Al terminar el programa, Yazmina se levantó de la cama y recorrió la habitación. Las paredes estaban pintadas de color durazno, con el borde ribeteado de blanco, y el suelo de madera barnizada. Detrás del tabique sobresalían unas prominentes estanterías repletas de libros y en una de las esquinas descansaba una caja con tapa de vidrio parecida al cofre de un tesoro. El televisor y un equipo de vídeo al lado, hacían suponer que la caja contenía cintas de vídeo. Mario era aficionado al cine clásico.

Yazmina se colocó frente al espejo, el misterioso regalo de bodas del tío Julián. Lo envió desde Honduras y perteneció a su bisabuelo don Antonio. Mario quedó embrujado con el espejo, repetía, una y otra vez, que era una antigüedad valiosa. El mismo era ovalado, de mediano tamaño, con marco dorado de madera labrada en estilo rococó, en el que se apreciaban pequeños querubines semidesnudos, de caritas sonrientes, apoyados en una luna en cuarto menguante que sostenía el cristal biselado. El espejo fue confeccionado en Francia hacía cientos de años. Mario le contó a Yazmina que don Antonio lo había adquirido, en su primer viaje a París, en una tienda de antigüedades. Desde el primer día que lo vio colgado en su recámara, Yazmina sintió que un escalofrío le recorrió de la nuca y bajó por su espalda similar a una corriente eléctrica. Cada vez que se miraba en el espejo tenía la sensación de que el fondo adquiría contornos propios, como si estuviese siendo dibujado por una mano misteriosa. Una mezcla de fascinación y de temor la embargaba cada vez que se asomaba ante aquella ventana abierta al misterio. Para contrarrestar el efecto macabro, Yazmina le compró un cuadro de una orquídea a Myrna, una amiga artista plástica. La orquídea tenía una forma curiosa, concebida por la pintora, con colores vistosos, armoniosos, donde la naturaleza parecía haberle dado rienda suelta a la imaginación y a la creatividad. La exótica y compleja flor parecía suspendida en la pared cercana, disminuyendo el impacto que le producía el inmemorial espejo.

Con la luz de la habitación apagada y la poca iluminación del televisor no lograba ver bien su imagen. En el espejo se proyectaba una sombra y a su lado fue incorporándose otra, mucho más grande. Entonces, escuchó un murmullo que no pudo descifrar, hasta que la voz se aclaró.

—Asesina, no te dejaré descansar hasta que vengas a hacerle compañía a Mario, aquí está, te esperará siempre.

Una sensación de peligro me invadió. De modo instintivo, aunque sin una causa definida, me hallaba en guardia, lo que suponía en cierto modo una ventaja para enfrentarme a la sombra. La concreción de mis vagas conjeturas a una amenaza real e inmediata, constituyó para mí una profunda conmoción. Ni por un momento, se me ocurrió pensar que se trataba de alguien con malas intenciones, así que me quedé quieta, callada como una muerta, en espera de los acontecimientos.

Yazmina se vio privada de cualquier capacidad de reacción, con los ojos clavados en el espejo buscaba el origen de la voz. La temperatura había caído en picada, sentía un frío mortal y su aliento empezaba a materializarse en forma de vapor. Luego un miedo helado la congeló de pies a cabeza. Petrificada frente al espejo, con el corazón latiéndole con grandes golpes sordos, paseó su mirada a lo largo de la habitación. Alzó la vista, buscando el origen de su miedo. Intentó, una vez más, moverse, pero no lo consiguió. Hizo otro esfuerzo, despacio y de puntillas como si un avance normal pudiera desencadenar algo terrible. Logró moverse con pequeños pasos y avanzó. A mitad de camino, se dio la vuelta, bruscamente, para asegurarse de que nadie la seguía. A Yazmina se le doblaron las piernas, extendió el brazo derecho para alcanzar la pared y sostenerse. Intento inútil, se fue deslizando hasta caer al suelo. Trató de incorporarse, pero sus piernas no le respondían. Se quedó sentada de espaldas al espejo y sintió un aliento caliente cerca de su nuca. Volvió a escuchar el murmullo de la sombra. Movida por un poderoso instinto de supervivencia y sacudida por una descarga de adrenalina, Yazmina se dio la vuelta y miró al espejo en busca del origen del murmullo.

Una mano recorrió la parte posterior de su brazo izquierdo, de la misma forma en que Mario la acariciaba cuando estaban sentados uno a lado del otro. No se atrevió a mirar. Cerró los ojos, mientras la mano se deslizaba desde el hombro hasta el codo. Su cuerpo erizado, rechazaba la caricia, estaba aterrada. No se atrevió a abrir los ojos y se arrastró hasta la mesita de noche. Tanteó por la superficie de la misma en busca del teléfono, hasta que lo encontró. Abrió los ojos y marcó el número de Mercedes. Ella contestó, entonces solo atinó a decir: Mario está aquí.

A Mercedes la había despertado el timbre del teléfono y como estaba medio dormida, tardó en reconocer la voz. No obstante, cuando mencionó el nombre de Mario, reaccionó y le dijo:

—Tranquila, salgo para allá de inmediato. Espérame.

Mercedes cortó y Yazmina quedó con el teléfono en la mano por varios minutos. Recuperada de la terrible impresión, se incorporó, aunque las piernas le flaqueaban, logró que la sostuvieran. Dio varios pasos hasta llegar a la cama. Se acostó y volvió a cerrar los ojos. En silencio esperó escuchar el murmullo de la sombra. Nada. Entonces, miró hacia el espejo. Todo parecía normal. Pudo ver a su lado el espacio vacío que había dejado Mario. Ese vacío también lo sentía en su alma. A lo mejor todo lo que veía y escuchaba era producto de la necesidad de verlo, de sentirlo, de escucharlo. Tal vez la locura era el único refugio para soportar el dolor por su ausencia. Ella se culpaba, nadie más lo hacía. Imploró la ayuda de Dios. Ella sola no era capaz de sobreponerse. No sabía si su miedo era a la sombra o a enfrentar la vida sin su esposo.

Llegó a pensar que Mario deseaba comunicarse con ella. Él siempre afirmaba que algunos acontecimientos adversos proyectan sus sombras antes de producirse, y que si estamos entrenados para verlos podemos disminuir sus efectos. Esta habilidad se conoce con la palabra: "precognición".

CAPÍTULO 2

Mercedes abrió con su llave, había sacado una copia en caso de que se presentara una emergencia. La encontró acurrucada en posición fetal. Se acercó y le puso una mano en el hombro. El grito que escapó de la garganta de Yazmina provocó que Mercedes dejara caer el bolso y las llaves. Observó la cara de espanto de su amiga, era como si estuviera enajenada: los ojos desorbitados, la boca abierta, el mentón levantado y las cejas arqueadas.

El miedo es contagioso, pero Mercedes no le temía a Mario ni a la sombra, temía por la salud mental de su amiga. Siempre pensó que era una mujer fuerte, sin embargo, la que yacía en la cama era la imagen de una persona vencida, anulada por la fatalidad. Se había convertido en la sombra que tanto miedo le provocaba. Ella admiraba a Yazmina por su valentía, determinación y fuerte carácter. Siempre imponente, proactiva, triunfadora. ¡Qué le estaba pasando! La que permanecía en silencio con las manos cubriéndose el rostro, no era su amiga, era una niña temerosa y desvalida. Esa gran mujer se había replegado, abandonado la lucha y huido. Lo que quedaba era solo un despojo.

Mercedes se sentó sobre la cama y le preguntó si deseaba agua. Ella no contestó. Mercedes se dirigió a la cocina en busca de un vaso de agua. Cuando regresó ya Yazmina se había incorporado. Estaba sentada con la mirada baja, como el que teme ver algo sobrenatural: espantoso.

—Yaz, ¿quieres contarme lo que pasó? —Mercedes

permanecía con el vaso de agua en la mano. Yazmina en un arranque se lo arrebató, el movimiento fue tan brusco que la mitad del agua se derramó. El resto se lo tomó de dos tragos.

—Sé que no me vas a creer. Hasta a mí me cuesta darle crédito a toda esta locura. Pero lo vi, lo vi, te aseguro que lo vi.

—Haz la prueba, sabes que soy una mujer de mente abierta. Dime, ¿qué viste?

—No, es una locura sin pie ni cabeza.

—Por favor Yaz, cuéntame que me tienes en ascuas.

—Mario vino a visitarme.

Mercedes guardó silencio. Yazmina hizo una pausa esperando algún comentario de su amiga, pero esta permaneció callada. Esperó un poco más y en vista que ella continuaba en silencio, dijo:

—No me mires así. No estoy loca.

—Tranquila, dime, ¿cómo llegó Mario?

—La pregunta adecuada es por dónde.

—Está bien, por dónde llegó.

—Por el espejo.

—¡Por el espejo!

—Mira cómo me has gritado, por esa razón, no te quería contar nada.

—Perdona Yaz, continúa.

—No fue él quien entró primero, lo hizo la sombra y él la siguió. Entonces, la sombra se me acercó y susurró. Al principio, no le entendía, hice un esfuerzo, a pesar del pánico que me embargaba, la voz se aclaró. Y…

—¿Qué te dijo? —interrumpió Mercedes impaciente.

Yazmina no contestó, se cubrió la boca con sus manos para contener el sollozo. Mercedes se acercó y la abrazó.

—Haz un esfuerzo y cuéntame qué te dijo:

—Asesina, me dijo, asesina.

Mercedes movió la cabeza de un lado a otro en señal de desaprobación. Después, procuró modificar su expresión, sonriendo, pero la sonrisa se le transformó en una mueca de incredulidad. Yazmina estalló en cólera.

—¿Para qué carajo me preguntas si no me vas a creer? Si vieras la cara que tienes, tu condescendencia me cabrea. Estoy consciente de que me comporto como una loca. Pero, tú me conoces, sabes que soy incapaz de inventar algo así.

Mercedes hizo acopio de paciencia, manifestándole que comprendía su estado de confusión y que no era el momento de discutir, sino de encontrar la manera de que ella superara la desastrosa situación que la agobiaba.

Yazmina reconoció que su amiga tenía razón y le pidió disculpas. Mercedes le explicó que las visiones a través del espejo podían ser producto de su estado de excitación y agregó:

—En una ocasión una amiga me comentó que el espejo era un elemento trascendental, un portal dimensional. Posee una connotación, que tiene que ver con la magia y con el conocimiento esotérico. También afirmó que nos permite ingresar a un nivel de conciencia más profundo y conectarnos con dimensiones desconocidas.

—Tú misma reconoces que existe la posibilidad de que mis visiones no sean producto de una conciencia alterada, sino verdaderas visiones. Sé que eres una mujer instruida y posiblemente lo que te cuento, resulte insólito y medieval, fruto de la ignorancia y la superstición. Pero me conoces desde hace años y sabes que también soy una persona educada en la doctrina de la iglesia católica. Recuerda que me formé en un colegio agustiniano.

—Yo también tengo formación católica y debemos llegar a la conclusión, entre otras cosas, que no tenemos respuestas para todo. Y cómo en otros asuntos sobrenaturales, lo más saludable y positivo, desde el punto de vista cristiano, es ceñirnos a la Biblia, la Palabra de Dios, que en este tema específico manda claramente: "No sea hallado en ti quién... consulte a los muertos" (Deuteronomio 18:10,11).

—Merci, me has recordado a los evangélicos que en las circunstancias más inverosímiles citan la biblia, aunque tengo que reconocer que tienes razón, pero dime cómo enfrento todo este horror.

—Yaz, comprendo que estás pasando por momentos difíciles, tómalo con calma y descansa.

Yazmina le confesó a su amiga que esos extraños eventos empezaron antes de la muerte de Mario. Le dijo que una hora después de la discusión con su esposo lo oyó llegar y encerrarse en su despacho. A ella ya se le había pasado la ofuscación y deseaba que Mario le explicara qué tipo de relación tenía con su secretaria. Por más que le pidió que le abriera la puerta, no lo hizo, se retiró cuando él estrelló un objeto contra la puerta. Se fue acostar y miró el reloj. Era la una de la madrugada. A la mañana siguiente, como a eso de las seis, encontró la puerta de la oficina abierta. El adorno que Mario estrelló contra la puerta estaba hecho añicos. Mientras recogía los vidrios, sonó el teléfono y fue cuando le dieron la funesta noticia. A pesar de su conmoción, algo llamó su atención. Mario se volcó en la carretera a Cerro Azul. Cuando ella preguntó la hora del accidente, el oficial le dijo que a la una de la madrugada. No podía ser, ella lo había oído llegar a su casa a esa misma hora.

Mercedes escuchaba, sin interrumpirla, la conocía lo suficiente para saber que no mentiría en algo tan delicado. Además, se observaba asustada.

—Yaz, ¿no sería que lo soñaste?

Yazmina se levantó y fue directo a la cocina, buscó en la basura y encontró los fragmentos del adorno.

—Mira, este es el adorno que Mario estrelló contra la puerta de su despacho.

Mercedes enmudeció por varios minutos. ¿Qué se puede decir en momentos en que el misterio sobrepasa al razonamiento lógico? Nada.

Mercedes preparó dos tazas de té de tilo y le brindó una a Yazmina. Ella la tomó despacio. Permanecieron en silencio por varios minutos y Mercedes fue la primera en hablar.

—Yaz, solo veo dos caminos. Es indudable que necesitas ayuda—como Yazmina no respondió, continuó—. Tengo un sacerdote amigo que te puede ayudar.

—No veo en qué me pueda ayudar un sacerdote.

—Te puede brindar consuelo y consejo.

—No necesito ni consejo ni consuelo. Necesito respuestas. Estoy confundida.

—El otro camino es que vayas a un psiquiatra.

—¿Crees que estoy loca?

—No para nada. Pero alguien debe ayudarte.

—Te preguntaré algo, ¿quién piensas que me creería más, un psiquiatra o un sacerdote?

—Para serte sincera, ninguno de los dos.

—Entonces para qué voy a ir.

—Para escuchar otra opinión.

—Prefiero consultar un espiritista.

—¡Un espiritista! ¿Sabes la cantidad de charlatanes que dicen contactar a los muertos?

—¿Qué te parece si consultamos a los tres?

—No es mala idea. ¿En qué orden sería?

—Primero al espiritista, porque si vamos al sacerdote difícilmente nos quedarán ganas de consultar al otro.

—Estoy de acuerdo, cuál seguiría.

—Después el psiquiatra y de último el sacerdote.

—¿Y si nada de eso da resultado y sigues con esas visiones extrañas?

—Recuerda que no son solo visiones, lo que más me atormenta son los murmullos.

—Contesta mi pregunta, si nada funciona, ¿qué harías?

—No lo sé amiga, no tengo la menor idea. Pero por algo tenemos que empezar. ¿No crees?

—Tienes razón, pero quiero que me prometas, que te acompañaré a todas las consultas. No debes ir sola.

—Por supuesto. Necesito tu ayuda, sola no puedo enfrentar este macabro asunto.

Mercedes le preguntó a Yazmina si mientras estaba acompañada escuchaba el murmullo.

—No estarás pensando que todo esto es producto de mi imaginación.

—Es pronto para llegar a esa conclusión. Estos días que estoy de vacaciones te acompañaré y ya veremos si escuchas o ves algo fuera de lo común. Traeré la silla de extensión que tienes en la oficina y la colocaré cerca de tu cama. Descubriré si son visiones paranormales o alucinaciones producto de algún trastorno provocado por el estrés.

Yazmina no respondió, Mercedes tenía razón, quien en su sano juicio le creería. No tenía otro remedio que esperar que la sombra se manifestara auditiva o visualmente. Por otra parte, la compañía de Mercedes la ayudaría a sobreponerse de su inmenso dolor.

Mercedes encendió la televisión. Yazmina le pidió el control y sintonizó el canal 14, en ese momento pasaban un programa que a su amiga le pareció inadecuado y le dijo:

—Por favor Yaz, cambia ese canal. ¿Cómo se te ocurre ver ese tipo de programas?

—Aunque no lo creas, aprendes mucho.

—¡Qué vas a aprender con esos programas macabros!

—Comprender lo que me pasa.

—No amiga, más bien afectará tu mente y a mí también me puede sugestionar y debo mantener mi mente centrada.

—Está bien, toma el control y sintoniza lo que quieras ver. A mí la televisión poco me interesa. Voy a leer.

Yazmina tomó un libro de la mesita de noche y cuando se disponía a leerlo, Mercedes se lo quitó y leyó el título: Posesión.

—Dios mío, fíjate lo que piensas leer.

—Déjame en paz, por favor. No me regañes.

Mercedes le entregó el libro e intentó concentrarse en un programa de opinión que en ese momento pasaban por un canal local.

Yazmina reconoció que su amiga tenía razón y buscó en su biblioteca otro libro. Necesitaba algo interesante que la atrapara en la lectura, pero que no fuera de terror. Lo que menos necesitaba en esos momentos era impresionarse. Eligió una novela que Mario le había regalado dos semanas antes de su muerte. No había tenido tiempo de leerla: El jardín olvidado de Kate Morton. El argumento de la novela despertó su interés. En vísperas de la Primera Guerra Mundial, una niña es abandonada en un barco con destino a Australia. Una misteriosa mujer llamada la Autora ha prometido cuidar de ella, pero esta desaparece sin dejar rastro. Por varios minutos, Yazmina se concentró en la lectura hasta que escuchó un ruido como si alguien golpeara los cristales de las ventanas. Levantó la mirada y se puso en pie. El libro resbaló de sus manos hasta caer al suelo, lo recogió y se sentó para proseguir la lectura. Alargó la mano para encender la lámpara de la mesita, continua a su cama, que misteriosamente se había apagado. Era una lámpara anticuada, con una pantalla adornada y lágrimas de cristal. Otro regalo del tío Julián de Mario. La lámpara no encendía por más que apretaba el interruptor. El ruido de la ventana cesó, pero se sentía inquieta, cerró el libro y lo puso al lado de su cama.

Todas las noches, cuando se disponía a dormir, Yazmina oraba por varios minutos, después de concluir sus plegarias se dirigió a Mario:

—Te quiero amor, espero que estés bien donde quiera, que te encuentres, que seas feliz, más de lo que fuiste aquí. Pues, creo que nunca lo fuiste. Siempre preocupado por los negocios, trabajando dieciséis horas. Angustiado. Ahora descansa en paz. Te extraño y creo que tú también me extrañas y por eso, no quieres irte. Sé que los reproches que escucho no son tuyos son producto de mi sentimiento de culpa. Busca la luz, Mario. Por favor, Dios mío, cuídalo.

A pesar de que, Yazmina hablaba en un tono de voz bajo, Mercedes la escuchó y sintió conmiseración. Lo que estaba viviendo era una verdadera pesadilla. No estaba segura de que pudiera superarlo, pero allí estaba ella para ayudarla.

Mercedes se levantó, caminando despacio en la inmensa oscuridad, siguió la voz e hizo un gran esfuerzo para sostenerse. A medida que se acercaba distinguía los sonidos. Yazmina mantenía una conversación con Mario, le pedía una y otra vez que no la culpara de su muerte, que dejara de asustarla. A Mercedes se le detuvo el corazón cuando escuchó una voz de hombre, más bien un susurro pidiendo que no lo llamara Mario, pues esta vez él no lo acompañaba. Mercedes se llevó las manos a la cara y se la cubrió. El miedo la paralizó, apenas respiraba y de repente, el silencio llenó la estancia y dejó de escuchar los ruidos que la perturbaban. Observó que Yazmina, había recobrado la serenidad y su rostro reflejaba la paz que siempre la acompañó, pero que en las últimas semanas la había abandonado.

Yazmina cayó en un sueño pesado, soñó con Mario. Fue un ensueño que de repente se hizo amenazante. Mario se acercaba y le decía que no descansaría hasta llevársela. Se despertó temblando, temerosa, entonces vio a Mercedes durmiendo a su lado en la silla de extensión. Asustada, abrió los ojos. Una luz llenaba toda la habitación, cerró los ojos, apretando los párpados. Percibía algo extraño en la habitación: un olor a gasolina quemada, el rostro le ardía y no podía respirar. Sus ojos se abrieron por completo. La sensación candente desapareció y solo sintió frío. Y poco a poco, el miedo la fue abandonando. Volvió a quedarse dormida y esta vez no soñó o no recordó el sueño. Cuando sonó el despertador, lo ignoró, pero Mercedes desconectó la alarma.

Cuando Yazmina se levantó, ya Mercedes había preparado el desayuno. Era la primera noche que lograba dormir más de cinco horas. Eso la animó y le preguntó a Mercedes si tenía algún compromiso. Ella le respondió que no haría planes hasta que ella se sintiera mejor.

—Eres la mejor amiga del mundo, ¿lo sabías?

—Tú harías lo mismo por mí.

—Así es. Si no fuera por ti. No sé…

—Yaz, ánimo. ¿Qué quieres hacer hoy?

—Poner en marcha nuestro plan. Lo primero que haremos es buscar un espiritista.

—¿Estás segura?

—Nada se pierde con probar. Además, también consultaré a un psiquiatra. Pero primero, al espiritista.

CAPÍTULO 3

Yazmina decidió averiguar los detalles del accidente de Mario, pues nadie le había dado explicaciones del mismo. Sin embargo, en las visiones ella sentía olor a gasolina y el calor que despide el fuego. Mercedes averiguó la dirección de la fiscalía donde se encontraba el caso. Al presentarse en las oficinas, Yazmina no se sorprendió cuando el fiscal le informó que durante el accidente el tanque de gasolina del auto de su esposo había explotado. El cadáver de Mario quedó irreconocible y solo se pudo identificar por las placas odontológicas.

—¿Te das cuenta Mercedes de que mis visiones no son producto de una mente enferma?

—Puede ser una coincidencia.

—¿Pero tantas coincidencias? No lo acepto.

—Tranquila, ya lo averiguaremos.

Una llamada al celular de Yazmina interrumpió la conversación de las amigas. Era la secretaria de la gerencia de la empresa donde ella trabaja, Mercedes solo escuchó las respuestas airadas y cuando Yazmina cortó la comunicación, le dijo que acababa de mandar su empleo al infierno.

—Pero, ¿qué fue lo que te dijeron?

—Imagínate, tengo un mes de vacaciones y solicité que me las concedieran para recuperarme. El jefe, dijo que solo podía tomar quince días, porque me necesitaban y que además, el trabajo me ayudará a olvidar. ¡Qué sabe ese pendejo!, ¿cómo me siento? Cabrón.

—Tranquila, no has debido mandarlos al carajo.

—Nada me importa ya. ¡Qué no me jodan!

Mercedes logró distraer a Yazmina, una vez terminaron de almorzar, la invitó al cine. Cerca de las ocho de la noche regresaron a casa. Al entrar al dormitorio, Yazmina percibió una sensación de peligro, pero prefirió no comentárselo a su amiga. Luego de cenar en el cuarto, Mercedes recogió los platos y se dirigió a la cocina para lavarlos.

Yazmina de espaldas a la puerta escuchó el sonido característico de cuando se le da vuelta a la cerradura y luego la luz se apagó. Oyó que alguien entraba y cerraba la puerta. Se volteó y lo vio de pie, observándola. Yazmina sintió que un soplo helado descendía sobre su nuca, como un horrible viento. Un escalofrío le recorrió los brazos. Ya Mario había desaparecido, pero una sombra cruzaba la habitación, intentó moverse para encender la luz de la habitación, ya que, la del pasillo estaba encendida, pero permaneció congelada por el terror.

Una oscuridad helada colmaba el ambiente y hubiera deseado que se encendiera la luz. Escuchó un terrible gemido de aflicción, que llegó a sus oídos y penetró por todo su cuerpo. Su corazón desbocado palpitaba hasta dolerle. Tuvo consciencia de un terrible espasmo dentro de su pecho, como si su cuerpo fuera atravesado por cientos de agujas. Se dio la vuelta para ver dónde se escondía Mario. Él estaba allí, justo detrás de ella. Vestía una camisa negra y un pantalón blanco. Una imagen sólida, real, tan real que parecía como si pudiera tocarla, ya no era una sombra. Mario le sonrió y ella comenzó a sentir pánico, se tambaleó y estuvo a punto de perder el conocimiento. Entonces, escuchó la clara voz de su esposo.

—Ahora sí soy yo, tuve que luchar con fuerzas

extrañas, no siempre soy yo. Ayúdame, amor, por favor, ayúdame.

Yazmina sintió la mano de Mario sobre su antebrazo y un grito de horror escapó de su garganta. Fue breve y terrible, su boca se convulsionó, sus ojos se desorbitaron, con un centelleo angustiado. un chillido de horror, que atravesó la sala y le heló la sangre a Mercedes. Por un momento, se quedó petrificada. le dio un vuelco el corazón, mientras se esforzaba por ir a socorrer a su amiga. Su pecho agitado por el miedo, se fue normalizando y sus piernas entumecidas empezaron a moverse despacio. Primero un paso, después otro. Cuando Mercedes llegó a la recámara y abrió la puerta, la luz se encendió, o nunca estuvo apagada. Yazmina no lo sabía. Temblaba de pies a cabeza, sus ojos desorbitados le daban la apariencia de una demente atravesando la peor de las crisis. Su cabeza estaba girada hacia la pared y su aspecto denotaba encontrarse en estado de conmoción. Se abrazó a su amiga diciendo, una y otra vez. estuvo aquí, estuvo aquí.

Las luces del apartamento de Yazmina permanecieron encendidas toda la noche, pero las sombras se quedaron agazapadas en una esquina. Por todas partes, se observaban formas lentas, apenas esbozadas, de contornos enrevesados y ondulantes, suspendidos en una especie de levitación inmóvil, tejidos con una bruma irreal, que no debía, no podía estar allí. Mercedes también las percibía, pero no quiso comentárselo a su amiga.

Yazmina pensaba que ya las sombras se habían retirado, porque había cerrados sus ojos. Ella siempre le habló de una sola sombra, pero Mercedes veía dos. Las sombras se movían ahora, de un lado a otro de la habitación. los espectros daban vueltas, indignados. Y se produjo lo impensable: las sombras gritaron. Era el grito de una sola voz: un rugido. Un largo aullido de rabia. De repente, Mercedes distinguió la veladura de un rostro, luego de otro, y otro más. Movió la cabeza varias veces, pensaba que su visión podía ser una proyección de lo que Yazmina, en su delirio, veía. Pero, no era así, pudo identificar los rostros, pero se negaba a reconocerlo por miedo a contagiarse de la demencia de Yazmina.

Al recuperarse, ambas mujeres se incorporaron y casi arrastras, fueron juntas a la cocina, donde tomaron agua. Ninguna pronunció palabra, pero ambas se reconfortaron en el silencio. Yazmina le contó a Mercedes que había tenido una pesadilla donde una sombra se le acercaba y que ella había logrado identificarla.

—¿Una pesadilla? —preguntó—. ¿Estás segura de que fue una pesadilla? ¿Acaso, soñaste con el difunto?

—No lo llames así. Dile Mario; ahora todo el mundo se refiere a él como el muerto, el difunto, como si la muerte; además, de arrebatarle la vida, le hubiera robado su nombre. Llámalo Mario.

Mercedes se disculpó y permaneció en silencio. Yazmina le contó que había visto a Mario entrar a su habitación y que le explicó que las otras veces no había sido él, sino fuerzas ocultas.

—Creo que esta vez no estabas soñando, pero estoy tan confundida que no puedo asegurarlo. ¿Qué piensas de todo esto, Yaz?

—No lo sé, todo lo veo gris, no creo en nada, pienso una cosa hoy y mañana pasa algo que lo desmiente. Me perturba la ausencia de certezas, las sombras, los claroscuros, el peso de la duda que me asfixia: me aniquila.

Al día siguiente, las dos amigas almorzaron en la calle. Mercedes hizo varias llamadas y búsquedas en el Internet. Minutos después, le dijo a su amiga que había encontrado un espiritista. Le mostró el anuncio: profesional religioso dedicado a orientar y ayudar a las personas en todo tipo de tema o problema: salud, dinero, amor, trabajo, negocios, estudios, proyectos, justicia. Soy calificado y serio. Voy directo al grano y siempre digo la verdad. Inicié a temprana edad cuando visité Cuba, África y España, donde los ancianos me enseñaron los secretos de los naipes del tarot, espiritismo, palomonte, palo mayombe y santería. Estoy consagrado en la regla conga de palo, monte, en la rama briyumba, la rama más rápida de palo como tata n´kisi malongo, y en la regla de osha. Yazmina no pudo contener las carcajadas. Mercedes la miró entre divertida y molesta.

—¿Qué te hace tanta gracia?

—Mercedes, crees que estoy loca y como a los locos se les complace, quieres llevarme donde un brujo. ¿No te das cuenta de que ese hombre no es un espiritista sino un palero? Con solo leer el anuncio, tengo suficiente para no aparecerme por su guarida.

—No pienso que estás loca, todo lo contrario, necesitamos alguien que nos ayude, porque ayer quedé convencida de que en tu casa hay un espíritu maligno.

—¿Por qué lo dices?

—No sé cómo decírtelo. No deseo que te asustes más de lo que ya estás.

—Por favor, Merci. Es imposible estar más asustada.

—¿Recuerdas que te comenté que odiaba el perfume de Mario porque me recordaba a mi exnovio, el que me dejó plantada hace como un año?

—Anoche cuando entré a tu habitación, sentí ese

perfume. Como si alguien se hubiera puesto el frasco entero.

—No puede ser. Yo no lo sentí.

—Estabas tan asustada con la visión que se anularon tus otros sentidos. Además, también vi las sombras.

—Lo sospeché, porque estabas tan asustada como yo. Te conozco y no pudiste disimular la expresión de horror que te provocó el incidente.

—Entonces, ¿qué hacemos, buscamos otro espiritista?

—Lo haremos esta noche, ¿quieres ir al cine?

—No, prefiero ir de compras.

—No necesito comprar nada, no me pondré luto y no necesito ropa.

—Vamos a la librería, buscaremos información sobre fenómenos paranormales.

—Está bien, me parece buena idea.

Luego de dos horas en la librería, solo encontraron un libro que a Yazmina le interesó: Vida después de la muerte. Mercedes se opuso a que su amiga lo comprara, aduciendo que se impresionaría y eso complicaría su estado. Yazmina se enojó y arrebatándole el libro, se acercó a la caja y lo pagó. Cuando llegaron al auto, le pide a su amiga que no intervenga en sus decisiones y que no la trate como a una loca y agrega.

—Me molesta cuando mencionas mi estado, pues me haces sentir como si estuviera loca.

—Cálmate Yaz, tranquila. Espero que ese libro te ayude a comprender por lo que estás pasando.

Al llegar a la casa, Mercedes enciende su computadora portátil y entró a un buscador.

—Perdona, Merci, fui tosca contigo. Sé que quieres ayudarme, pero comprende.

—Te entiendo, amiga.

—¿Qué haces?

—Busco un espiritista que no sea brujo.

—Me parece bien —respondió Yazmina sonriendo.

Mercedes encontró el anuncio de una mujer que aparentaba unos cincuenta años, no había dirección, sino un correo electrónico y una fotografía. Escuetamente decía. Ayudo a despedir a seres en transición. Si una persona después de su muerte se comunica con usted, puedo ayudarla. Lo consultó con Yazmina y quedaron de acuerdo en escribirle.

—Yaz, lo primero que debes preguntarle es su tarifa, para que desde un principio sepa que no estás dispuesta a que te estafe.

—Así lo haré. Además, conmigo la va a tener dura. No creo en esa charlatanería.

—Entonces, ¿por qué la consultas?

—Por no dejar.

—A pesar de todo, creo que es mejor así. No quiero que te hagas falsas ilusiones.

Mercedes explicó que el espiritismo es una doctrina nacida en Francia a mediados del siglo XIX que basa sus principios en los libros publicados por el francés Allan Kardec. La misma estudia la naturaleza, el origen y destino de los espíritus. También comentó que los fundamentos de esta doctrina son la existencia y unicidad de Dios, la existencia y comunicabilidad de los espíritus, la ley de causa y efecto, donde no existe el cielo ni el infierno. Yazmina, asombrada, le preguntó a su amiga cómo tenía tanta información sobre ese tema y esta le respondió que desde que le habló de la primera visión, buscó información y se leyó dos libros: El libro de los espíritus y El libro de los médiums de Kardec.

—El libro de los espíritus contiene los principios de

la doctrina espiritista, los géneros de manifestaciones y de comunicación con el mundo invisible. Este libro está ordenado en forma de preguntas y abarca diversos temas. El libro de los médiums es una guía para que los médiums y evocadores puedan comunicarse con el mundo invisible y resolver las dificultades que se encuentren en la práctica del espiritismo.

—No puedo creerlo, Merci, sin embargo, es una buena noticia, pues con todos esos conocimientos sabrás de inmediato si la persona es idónea.

—Tengo la costumbre de investigar en profundidad los temas que desconozco y solo así me siento tranquila. En un par de días me leí dos libros de este autor francés y tengo dos más para leerlos esta semana.

—Y ¡cómo los conseguiste si son del siglo XIX!

—En el Internet, el autor murió hace muchos años y ya son patrimonio de la humanidad.

—¿Cuáles son los dos libros que te faltan por leer?

—El Cielo y el infierno y El evangelio según el espiritista.

—Ese último título me suena a herejía.

—No me hagas reír Yaz, cualquiera que te escuche pensaría que eres una mujer del medievo.

—Olvídate de eso, ¿no crees que es mejor esperar que termines tus lecturas?

—En dos días me los leo. Tú sabes que cuando algo me interesa, lo hago rápido. Saca la cita con la espiritista para esta misma semana.

—Está bien, pero eres tú la que tiene los conocimientos, yo podría caer en las manos de un charlatán.

—Tienes razón, mañana mismo me ocupo.

Esa misma noche Mercedes inició la lectura de El evangelio según el espiritista, pero Yazmina no la dejaba concentrarse en la lectura caminando de un lado a otro.

Dejó el iPad sobre la cama y observó que su amiga cubría con una tela negra los espejos: el siniestro, el grande del closet y el de la peinadora.

—Yaz, ¿por qué estás cubriendo los espejos con esa tela negra?

—Para ahuyentar a los espíritus.

—¡A los espíritus o al espíritu de Mario!

—La verdad amiga es que pienso que son más de uno. Creo que a Mario lo acompaña un espíritu maligno.

—¡Qué locura es esa, Yaz!

—Lo percibo, lo siento. Mario lucha por liberarse de esa fuerza maligna, pero no lo consigue. Él mismo me lo dijo:

—Escúchate, estás delirando.

—Merci, por favor, si tú no me crees, ¿quién va a hacerlo?

—Tranquila, comprende que lo que dices es difícil de creer. La lectura de los libros de Karlec, me ayudarán a entender esta demencia.

—Espero que así sea, yo también quiero leerlo. Por favor, mándalos a mi correo.

—Enseguida. Pero debes hacerme la promesa que no te sugestionarás. No necesitas angustiarte más de lo que ya estás.

—Prometido. El desconocimiento es el que me angustia. La ignorancia es un elemento perturbador.

—No para todo el mundo, la mayoría de las personas viven felices en la ignorancia. No te desvíes y dime qué tiene que ver esa tela negra con los espíritus.

Yazmina le explicó a Mercedes que la costumbre de vestir de negro en los funerales conlleva una manifestación de respeto a los difuntos y está extendida en la cultura occidental. La procedencia de esta tradición no está clara. Distintos estudios antropológicos coinciden en señalar como su posible origen es el miedo ancestral de los vivos a ser poseídos por los espíritus de los muertos. Así, en los ritos funerarios los hombres primitivos pintaban sus cuerpos de negro para impedir, al quedar camuflados, que el alma del fallecido encontrara un nuevo cuerpo donde asentarse.

—Mario todavía deambula por esta casa y te lo repito, lo acompaña un espíritu maligno. Me da miedo ser poseída por ese espectro espeluznante.

—No dejas de tener razón, el negro es un color aterrador. En la antigüedad utilizaban animales negros para rendir homenaje a las diosas griegas ketonianas y actualmente se siguen practicando ritos con gallos negros como parte de un culto demoníaco de brujería.

—Por favor, no sigas que me da miedo.

—Entonces pones telas negras y me das un discurso y cuando te doy mi opinión, te asustas. No entiendo.

CAPÍTULO 4

*E*sa noche, antes de dormir, Yazmina le contó a su amiga que desde que Mario murió ella había tenido varios sueños y aunque sabía que no era una visión real, procuraba que Mario no se le acercara.

—Cuando el sueño inicia siento que estoy viviendo una situación verdadera. De repente, la escena se desvanece y me encuentro en mi habitación. Sé que he estado soñando y al continuar el sueño, reaparece Mario, unas veces sonriente, otras, enfadado. Siento su rencor y me da miedo.

Yazmina no comprendía la razón del temor hacia su esposo y fue a partir de esos sueños que se incrementaron las visiones, aún despierta. Mercedes le preguntó si estaba segura de que en realidad había despertado cuando volvió a ver a Mario.

—No vuelvas con lo mismo, es como decir que me invento toda esta fantasía para darme importancia.

—Para nada, ¿acaso no has oído hablar de los sueños lúcidos?

—…

Como Yazmina no contestó, Mercedes le explicó que los sueños lúcidos son aquellos en los que la persona cobra conciencia de estar soñando y a partir de ese momento interactúa y maneja a su antojo el sueño a sabiendas de que todo lo que percibe es parte del mismo.

—Si fuera así, yo sabría que la visión de Mario es un sueño y que la manipulo.

—En parte tienes razón. No obstante, es importante que lo tomes en cuenta a la hora de que veas la imagen de Mario.

—No es la imagen, es su persona.

—¿Acaso lo has tocado?

—No me he atrevido.

—La próxima vez, llénate de valor y hazlo.

—Lo intentaré.

Mercedes le comentó a Yazmina que el libro sobre el espiritismo afirmaba que el mundo espiritual es normal, primitivo, eterno, preexistente y sobreviviente a todos. El mundo corporal es secundario y podría dejar de existir.

—Los espíritus se revisten temporalmente de una envoltura material perecedera, cuya destrucción, a consecuencia de la muerte, los transforma nuevamente a un estado de libertad. El alma es un espíritu encarnado y el cuerpo no es más que su envoltura. Que te quede claro que los humanos tenemos dos naturalezas; en el cuerpo participa la naturaleza animal y en el alma la de los espíritus.

—Entonces el espíritu es invisible.

—No, el espíritu no es un ser abstracto que puede ser concebido por el pensamiento, sino un ser real que puede ser apreciado por los sentidos de la vista, el oído y el tacto. Tú insistes en decir que a Mario lo acompaña un espíritu maligno. Mi recomendación es que no te le acerques, pero que lo hagas hablar.

—¿Y cómo lo hago?

—Los espíritus se manifiestan espontáneamente o cuando se les invoca. Hazlo y procura que hable. El lenguaje de los espíritus superiores es digno e inspirador. El de los inferiores es inconsecuente, trivial y grosero.

—No me atrevo, cuando percibo su presencia me aterro. Al principio creía que era Mario quien me asustaba, pero a medida que se presentó varias veces supe que no era su presencia la que me perturba, sino la del otro.

—¿El otro? Acaso es hombre.

—No, más bien pienso que es un demonio.

—¡Dios mío! Parece la conversación de dos locas.

Yazmina no tuvo otro remedio que reírse, su amiga tenía razón. La situación era cada vez más extraña, extravagante. Debía actuar en consecuencia y aunque resultara un desatino, consultaría a un espiritista. Mercedes la ayudaría, ella, gracias a sus lecturas, había adquirido conocimientos suficientes para no dejarse envolver por un charlatán. No se lo comentaría a nadie, la mayoría de las personas se asustan con estas prácticas, las desprecian. Si lo del espiritista no resultaba, consultaría a un psiquiatra y si este tampoco resolvía sus conflictos, buscaría la ayuda de un sacerdote.

Mercedes le aconsejó a Yazmina que no hiciera tratos con brujos, paleros o santeros. Le advirtió la mala experiencia que había tenido una compañera de trabajo, quien llevó a su casa a un brujo para que la analizara. Este le comentó que la casa estaba habitada por espíritus malévolos y que debía limpiarla para expulsarlos y eliminar la energía negativa que había en el lugar. Prometió que la ayudaría a abrir los caminos de la prosperidad, de la paz interior y de la buena convivencia familiar. Mercedes hizo una pausa prolongada y Yazmina deseosa de saber la conclusión del relato, le preguntó qué había pasado.

—No lo vas a creer —volvió a hacer otra pausa.

Yazmina disgustada, le dijo:

—Termina de una vez por todas que me pones nerviosa.

—El hombre le pidió mil dólares adelantados y le explicó que la limpieza debía realizarla de noche para que los vecinos no se enteraran. Esa misma noche llegó cerca de las diez y mi compañera estaba asustada porque él le advirtió varias veces que debía estar sola en la casa, pues, el trabajo solo tendría resultado si nadie se enteraba.

—Mercedes guardó silencio por unos segundos, Yazmina desesperada mueve las manos en señal de impaciencia y su amiga continúa.

—El hombre comenzó a barrer con unas hierbas y después preparó unos líquidos con la que trapeó toda la casa. Terminó cerca de las doce de la noche. Entonces le dijo que solo había concluido la mitad del trabajo, porque la energía había entrado a su cuerpo y ahora debía hacerle unos baños. Mi compañera quedó paralizada cuando vio que el hombre entraba a su baño con dos frascos. Ella se quedó en la recámara, incapaz de analizar la situación y como si estuviera en trance, caminó hasta el baño. El hombre estaba inclinado sobre la bañera y mezclaba unos líquidos. Le pidió que se quitara la ropa, ella obedeció y entró en la bañera.

Mercedes detuvo el relato y observó que Yazmina tenía la mirada fija en el espejo, como quien busca algo que se ha perdido. De pronto, reacciona y le pide que concluya.

—Mi compañera me cuenta que sintió como si estuviera hipnotizada, sin poder reaccionar. El hombre comenzó a masajearle todo el cuerpo y es lo último que recuerda. Cuando despertó al día siguiente estaba en su cama y no fue capaz de recordar cómo llegó allí.

—Y después de ese cuento de la cripta, ¿crees que voy a consultar a un brujo? Ni loca.

Mercedes, le había puesto el suspenso necesario para que Yazmina tomara las precauciones necesarias. Aunque, eso había pasado tres años atrás, consideró pertinente contárselo a su amiga.

—Yaz, tranquila, solo te lo conté para que no busques a un charlatán que lo único que haces es aprovecharse de la angustia de las personas y abusar de ellas.

—Merci, no consultaré a ninguno de esos tipos. Tú sabes mejor que nadie que mis fundamentos judeocristianos me lo impiden, sentiría que estoy traicionando mi fe. Por otra parte, mira los peligros a los que una se expone cuando consulta a personas de esa calaña. Nada que ver. Iré donde un sacerdote y le expondré los problemas que estoy confrontando. Eso sí, buscaré un sacerdote de avanzada. No quiero un Torquemada. Te aseguro que haría una hoguera con las dos. Quiero que me ayudes a encontrar a uno que me oriente y me ofrezca la confianza para exponerle mis dudas sin que me dé un sermón propio del medievo.

A Mercedes todavía le quedaban varias semanas de vacaciones y le pidió a Yazmina que hicieran un viaje por el interior del país. Ella se negó aduciendo que no estaba en condiciones de viajar.

—Amiga, es propicio que te alejes unos días de este ambiente que tanto te perturba. Recuerda que pensaste en buscar a un sacerdote.

—Tú dijiste que me ayudarías y tampoco has gestionado nada.

—Yaz, estaba esperando que estuvieras más tranquila.

—Creo que tienes razón, pues si ahora converso con el sacerdote me encontrará alterada y creerá que estoy loca. Pero no quiero irme de paseo. No es el momento adecuado. Espera unos días y te acompaño.

—Está bien.

Esa noche, mientras dormía, Mercedes escuchó un grito que la despertó. Yazmina estaba frente al espejo, la tela negra se había caído. Se cubría el rostro con ambas manos. Temblaba como una hoja al viento.

—¿Qué te sucede, Yaz?

Yazmina le contó que volvió a ver las sombras y en ese momento sufrió la impresión más violenta hasta el momento.

—Me sentí vencida por la desesperación y la angustia. Durante los segundos que estuve de pie frente al espejo, empecé a escuchar ruidos confusos, murmullos. Fue tal mi horror que, olvidándome del riesgo que suponía, me lancé frenéticamente contra las sombras e intenté tocarlas. Al acercarme, identifiqué al otro espíritu que acompañaba a Mario.

—Y, ¿quién era? —preguntó Mercedes impaciente.

—El tío Julián.

—Pero él no está muerto. Vive en Honduras.

—¿Estás segura?

—¿De qué vive en Honduras?

—No, ¿de qué está vivo?

—No soporto cuando te pones incoherente. Te demostraré que esta visión es un delirio más. Llamaré enseguida a Honduras y lo averiguaré. Recuerda que él también es mi tío.

Mercedes hizo la llamada y habló con doña Matilde, la esposa del tío Julián. La encontró nerviosa. Entre sollozos le explicó que hacía una semana su esposo había sido secuestrado y que los delincuentes no se habían comunicado para solicitar rescate. Mercedes cerró el teléfono y se lo contó a Yazmina, quien repetía, una y otra vez: los secuestradores lo mataron.

Mercedes sintió que la temperatura de la habitación bajaba, se estaba sugestionando e intentó controlarse. El tío Julián no le inspiraba confianza, su comportamiento era extraño, todos en la familia comentaban aquellos tres años en que desapareció como si la tierra se lo hubiera tragado. En aquella época, su esposa reveló, que se había fugado con una de sus amantes. Cuando le preguntaron con cuál, ella contestó que con la bruja.

Matilde le temía a esa mujer, descendiente de gitanos, quien alardeaba de poseer poderes inimaginables. Ella era amiga de parranda del abuelo Mario y a pesar de la oposición de doña Matilde, la invitaba siempre a las fiestas de fin de año. Cuando Julián desapareció, el abuelo les dijo que no se preocuparan, porque él se había ido de viaje con la gitana. Tres años después, un 31 de octubre, regresó a su casa como si nada hubiera pasado. No dio ninguna explicación y advirtió que, si lo cuestionaban, se volvería a ir y nunca más regresaría. A partir de ese momento, jamás, ni el abuelo ni el tío Julián volvieron a hablar de la gitana. Mientras le contaba esta parte de la historia familiar a Yazmina, Mercedes miraba de un lado a otro, como buscando pistas que le indicaran la presencia de su tío. A medida que avanzaba en su relato, se fue tranquilizando. Mercedes hablaba con naturalidad, sin dramatismo y con el desapego justo que el tiempo transcurrido proporciona al rememorar las realidades que la vida nos ha forzado a dejar atrás.

—¿No será que se volvió a escapar con una amante? —preguntó Yazmina.

—¿A los ochenta y tres años?

—¿Cómo se llamaba la gitana?

—Aniki. Pero, ¿para qué quieres saberlo?

—A lo mejor ella es la sombra.

Mercedes se angustió. Yazmina estaba cada día peor y ella no sabía cómo ayudarla.

De repente Yazmina cambia de tema y pregunta:

—¿Por qué dices que es un secuestro?

—Porque cuando el tío salía de misa con su esposa,

dos hombres enmascarados, los interceptaron y se lo llevaron.

—Eso prueba el secuestro y también, mi visión. Lo mataron, Mercedes, lo mataron.

—Tranquila, Yaz, no te adelantes.

—Merci, ¿no te has dado cuenta de que la temperatura del cuarto ha bajado? Tengo frío.

—Yo también lo siento.

Mercedes miró al espejo, que en ese instante estaba cubierto por una especie de neblina, que dejaba traslucir formas y un color oscuro. A medida que se desarrollaba la habilidad preceptiva de Yazmina, se agudizaron las formas dejando entrever a dos personas. Mercedes se acercó a su amiga, logrando captar el fenómeno, pero sintió una mano sobre su espalda y se detuvo. El aliento de una persona en la parte posterior del cuello la paralizó. Una mano se posó en su hombro y le dio dos palmaditas. Aterrada recordó la forma de saludar del tío Julián. Yazmina, que estaba frente a ella, aseveró.

—Tienes al tío Julián detrás de ti y está solo.

Mercedes no contestó, paralizada por el terror, no sabía qué hacer ni qué decir. ¿Cómo se le infunde valor a una persona cuando tú misma eres presa del pánico? Respiró profundo y volteó el rostro. No pudo describir lo que vio en esa fracción de segundo. Primero la oscuridad más profunda, luego un reflejo incandescente y en el centro el rostro desfigurado de un hombre, sin cuerpo. La cabeza flotaba en el espacio, y de sus ojos y oídos salían borbotones de sangre. Se produjo un murmullo y una agitación; entonces la figura se levantó de las sombras y se dirigió hacia la puerta de salida.

El olor a sangre la envolvió en una atmósfera escalofriante. Sus piernas no la sostuvieron y Mercedes cayó inconsciente. Cuando recobró el sentido, Yazmina le aplicaba paños de alcohol en la frente.

—¡Qué te pasó, amiga! ¿Qué fue lo que viste que te provocó el desmayo?

Mercedes no contestó, temblando de pavor y nublada toda facultad de raciocinio, perdida dentro de la intrincada red de lo absurdo que se había ido tejiendo a su alrededor. Si le explicaba a Yazmina su visión, se perturbaría más de lo que ya estaba. Ahora ya no lo dudaba, el tío Julián había sido asesinado por sus secuestradores.

—No te quedes callada, tu silencio me espanta más que cualquier atrocidad que me digas. Siempre tienes una explicación para todo y el terror que reflejó tu rostro antes de desmayarte fue terrible.

—Me contagiaste tu miedo y me sugestioné. Eso fue todo.

—Dime, ¿qué viste?

—Es mejor que no te lo cuente.

—Por favor, Merci. Es peor que no me lo digas.

—Está bien. Primero una oscuridad total, después vi una cabeza suspendida y sangre, mucha sangre.

—¿Reconociste de quién era la cabeza?

—No, no lo hice.

—Viste al tío Julián y no lo quieres decir. Está muerto y por eso lo viste con Mario. Es posible que los secuestradores lo torturaron y por esa razón, su alma está en pena y quiere darnos pistas sobre su asesinato.

—Eso sería terrible, porque continuaría comunicándose con nosotras hasta que la Policía encuentre a sus asesinos.

Mercedes y Yazmina charlaron por varios minutos sin llegar a ninguna conclusión coherente. No podían ir a las autoridades porque pensarían que estaban locas. Pero estaban seguras de que no se quedarían de brazos cruzados. Debían hacer algo. Mercedes sugirió viajar a Honduras para investigar la desaparición del tío Julián. Todavía le quedaban un par de semanas de vacaciones y en vez de viajar al interior como había planeado, podrían resolver la incógnita. Yazmina se resistió al principio. Pero, cuando Mercedes le dijo que si no la acompañaba, iría sola, decidió que fueran juntas. Después de los últimos acontecimientos, lo que menos deseaba era quedarse sola.

CAPÍTULO 5

En dos días, las amigas hicieron los trámites para el viaje. Al acercarse al aeropuerto de Tonconti, en Tegucigalpa, Honduras, Mercedes sabía que ese aeropuerto era inseguro, pues cuando el accidente del 30 de mayo de 2008, ella viajaba a Tegucigalpa. A raíz de eso, el expresidente Zelaya ordenó que el aeropuerto de Tonconti fuera utilizado solo por aeronaves de menos de cuarenta y dos pasajeros, pero esta medida duró menos de un mes y se desconocía la razón. Sin embargo, no tuvieron inconveniente en el aterrizaje.

Al llegar a Tegucigalpa, Yazmina se sintió libre del estrés de la última semana. Recordó que su madre siempre decía que cuando algo nos agobia, no hay nada mejor que poner tierra de por medio.

Al llegar a la terminal, las amigas observaron un gran revuelo por un incidente ocurrido poco antes. En la caseta de peaje del carril de salida de la terminal, sujetos armados esperaron a sus víctimas que acababan de llegar de un vuelo de Miami. Los testigos afirmaron que antes de asesinar a los seis hombres, los sicarios se identificaron como agentes de la DNIC y tras bajar a sus víctimas les pidieron documentación para identificar a sus objetivos. Luego de acribillarlos huyeron en los tres vehículos que antes habían usado para impedirles el paso. Mercedes estaba aterrada y cuando observó a Yazmina, se asustó todavía más, era como si estuviera a millas de distancia. Cuando le reprochó su distracción, ella le contestó que su mente no podía con un desastre más.

Julio, el hijo del tío Julián, las fue a recibir, su semblante reflejaba una inmensa preocupación, pues todavía los delincuentes no se habían comunicado para solicitar rescate. Aunado a su tragedia personal, se preocupó cuando en la radio de su automóvil escuchó la noticia del hecho sangriento escenificado en el aeropuerto. El subcomisionado y vocero de la Policía afirmó que el hecho había sido planificado y que era una forma de operar del crimen organizado.

Después de comentarles el incidente en el aeropuerto, Julio les dijo que en Honduras este era el pan de cada día y que en los últimos años la violencia producto de los secuestros, del narcotráfico y del lavado de dinero se había incrementado de manera alarmante. Les aconsejó que no salieran solas a ningún sitio.

Mercedes le explicó las visiones de Yazmina. Julio sonrió un tanto incrédulo. Ejercía como psiquiatra en un sanatorio para pacientes mentales, por lo tanto, estaba curado de espanto.

Yazmina le preguntó detalles del secuestro de su padre y Julio respondió que ocurrió, como a las 8:45 de la mañana, cuando sus padres salían de misa. Dos automóviles los interceptaron colocándose al frente y detrás del de ellos para impedirles avanzar. Los secuestradores dispararon dos veces a la puerta izquierda del vehículo y el conductor no tuvo otro remedio que detenerse. Los delincuentes abrieron la puerta trasera del vehículo y sacaron a Julián. Julio les explicó que su padre era un anciano de ochenta y tres años que padece de presión arterial y de diabetes y agregó.

—Casi enseguida llegué a la escena del delito porque el conductor me llamó preocupado por el secuestro y por el estado en que había quedado mi madre. Ella gritaba que, sin los medicamentos, mi padre moriría en menos de dos días.

Mercedes y Yazmina guardaron silencio, en esos casos, no se puede decir gran cosa. Julio le preguntó a Mercedes si preferían hospedarse en su casa o en la de su madre. Ella le respondió que en la de la tía Matilde.

—No queremos darle molestias a tu mujer.

—Por eso no te preocupes, me abandonó hace seis meses.

—Esa mujer está loca, dónde va a encontrar un hombre tan guapo y buena persona como tú. Lo siento. ¿Y ahora estás solo o…?

—No te hagas ideas extrañas, prima. No me dejó por eso. Me dijo que, si hubiera tenido una amante, habría luchado por mí.

Yazmina no se había fijado bien en Julio y lo miró con disimulo. En realidad, era un hombre apuesto. Vestía en forma seria y elegante. Los puños de su blanca camisa asomaban un centímetro y medio por la bocamanga de su traje gris, hecho a medida; su corbata listada, de suaves tonalidades, tenía un nudo perfecto. En cuanto a su edad, había pasado de sobra la mitad de los cuarenta e iba camino de los cincuenta. Su estatura superaba el metro ochenta y cinco y su cuerpo atlético evidenciaba un entrenamiento constante. Blanco, con su pelo claro y ondulado, sus ojos de un negro intenso. Un contraste poco común, ya que, las personas blancas y de cabellos claros, no tienen los ojos negros. Su sonrisa franca ofrecía la seguridad de poder confiar en él. Su rostro impecable, denotaba una expresión afable. Los rasgos de su nariz y sus ojos angulosos, profundos y rectilíneos, le daban una apariencia enigmática. Se le veía en buen estado físico, a pesar del permanente cansancio que había marcado arrugas alrededor de sus ojos.

Julio miró de reojo a Yazmina, como buen observador, no se le escapó lo atractiva que era, llevaba una camisa blanca de seda y pantalones ajustados. Cerró los ojos e intentó centrar su atención en la conversación de su prima. Las preguntas de Mercedes no lo incomodaban, pero sí a Yazmina quien le hizo una señal a su amiga, pero ella no le hizo caso y prosiguió.

—Nunca me contaste cómo conociste a tu exmujer.

Julio explicó que fue en una fiesta organizada por la clínica donde él trabajaba. Julissa era la hija del director médico. Al terminar la fiesta decidió invitarla a tomar una copa en un bar cercano, sin imaginar que acabaría siendo su esposa. De entrada, pensó que había cometido un grave error al invitarla, pues no parecían tener nada en común. Julissa era vital y emotiva. Unas horas más tarde, cuando la acompañó hasta la puerta de su apartamento, la despidió con un beso. Un año más tarde se casaron, rodeados de amigos y familiares

—Desde el principio, fueron evidentes nuestras diferencias. El punto clave fue que, mientras que ella permanecía en casa, yo no paraba de viajar. Mis investigaciones me obligaban a desplazarme hasta donde fuera necesario. A veces me ausentaba durante varias semanas, pensaba que ella lo soportaría, porque me amaba, pero el tiempo pasó. Al cabo de cuatro años, Julissa se dio cuenta, durante una de mis prolongadas ausencias, de que estaba casada solo de nombre y que era mejor vivir sola con la perspectiva de encontrar un nuevo compañero.

Julio hizo una pausa para recordar las palabras exacta que le dijo Julissa la última vez que la vio.

—Esto no funciona —dijo, dejando las palabras colgadas en el aire durante unos instantes—. Nunca estás en casa. Y no creo que sea justo, ni para mí, ni para ti.

Mercedes escuchaba a Julio, asombrada. Él continuó como si pensara en voz alta.

—Partí a trabajar molesto y sin despedirme. Se puede decir que la dejé con la palabra en la boca. Regresé a casa a altas horas de la noche, como de costumbre, Julissa no estaba. Sobre la cama había una carta de despedida donde anunciaba que pronto su abogado se comunicaría conmigo. Comprendí su decisión de abandonarme y no le guardo ningún rencor. Por suerte no tuvimos hijos, pues la separación de los padres siempre marca a los niños. Ahora nos llevamos mejor que nunca y en ocasiones la invito a tomarnos un café. Ella acepta y me pregunta por qué antes no tenía tiempo para ella. ¿Sabes algo Mercedes?, lo más extraño, es que no tengo respuesta. Creo que dejé de amarla, pero la quiero como una amiga. No se lo he dicho para no hacerla sufrir. Hace dos semanas me dijo que está saliendo con un amigo que siempre estuvo enamorado de ella. Antes de despedirse sentenció que esta vez no comprometería sus sentimientos, solo se dejaría querer. Le expresé que las relaciones amorosas unilaterales no funcionan, pues cuando la pareja entra en crisis y no hay amor, la relación sucumbe. Ella sonrió y preguntó si ese había sido nuestro caso. No le contesté.

—Entonces, querido primo, no me queda claro, ¿qué fue lo que los separó? —preguntó Mercedes.

—Mi trabajo y las investigaciones. Le dedicaba poco tiempo y ella no soportó la soledad.

—Tal vez cuando termines la investigación que llevas a cabo…

—Soy un científico y nunca dejaré de investigar.

Ahora comprendo por qué mis maestros están solos. Además, Julissa tiene razón, al principio me deslumbró y me apresuré a formalizar la relación y casarme, sin estar seguro de la profundidad de mis sentimientos.

—No te pongas triste. Si no te molesta, nos hospedaremos en tu casa.

—Al contrario, el vacío que dejó Julissa es inmenso.

—¿En la casa o en tu corazón?

—En ambos. Porque, aunque no lo creas, tal vez no la amaba, pero la quería y estaba acostumbrado a ella.

Yazmina se mantenía al margen de la conversación, con la mirada perdida en la distancia. Mercedes le preguntó que si estaba de acuerdo en alojarse en casa de Julio. Ella asintió con la cabeza y se mantuvo en silencio.

Julio las llevó a donde Matilde para que la saludaran, pero les pidió que no le contaran lo de las visiones, afirmando que su madre estaba nerviosa y no deseaba perturbarla.

La señora Matilde las recibió con un abrazo, a Mercedes la había tratado desde pequeña y a Yazmina solo la había visto el día de la boda. No pudo asistir al funeral de su sobrino debido a su precario estado de salud. Abrazó a Mercedes fuerte y le dijo que se alegraba de verla. Le dio el pésame a Yazmina y la invitó a quedarse con ellos hasta que se aliviara su pena.

Doña Matilde observó a Yazmina y recordó que cuando le dijo a Mario lo bella que era su esposa, este respondió que no se lo dijera, pues no soportaba la vanidad. Yazmina era una mujer de mediana estatura, blanca, de cabellos negros abundantes y ojos pardos, delgada, muy delgada para el gusto de doña Matilde, pero reconocía que era lo que llaman una mujer esbelta. Recordó que Mercedes decía que una mujer nunca es demasiado rica o demasiado delgada. La tristeza de Yazmina la conmovió y quiso que se sintiera apoyada por su familia política.

—Sé que tus padres murieron antes de casarte con mi sobrino, ahora que Mario también falleció, somos tu única familia y te queremos. Tenlo presente.

Yazmina no pudo contener el llanto. Se sentía tan sola y abandonada por la suerte, que las muestras de cariño de Matilde la enternecieron. Se quedó abrazada a ella por varios minutos. Doña Matilde sacó su pañuelo y le secó las lágrimas.

—Ya basta de tristeza, estoy segura de que Mario desea que te consueles y rehagas tu vida. Nosotros te ayudaremos, has venido al lugar indicado.

Yazmina se sintió reconfortada, no comprendía cómo una mujer, que le secuestran a su esposo, pueda manifestar tanta serenidad y consuelo. "Me imagino que no sospecha que don Julián fue asesinado por esos delincuentes. Matilde no habló del secuestro de su esposo y las dos amigas tampoco lo comentaron. Después de la cena, Julio le dijo a su madre que sus primas se hospedarían en su casa. En un principio Matilde se resistió, pero su hijo le recordó que su estado de salud era delicado y que él se encargaría de atender a las invitadas.

—No te angusties, tía, vendremos todas las tardes a verte —dijo Mercedes mientras la abrazaba.

—Yazmina te veo triste —afirmó Matilde.

—Mi estado de ánimo no puede ser otro. Acaba de morir mi esposo.

—Julián está desaparecido, pero no me enfoco en la tragedia. Si no en los momentos felices que compartimos. A pesar de su extraña forma de ser, él me ama y me hace feliz.

—¿Extraña forma de ser? —dijo Yazmina como quien piensa en voz alta—. Disculpe tía mi pregunta.

—Tranquila estamos en familia. Todos comentaban las extravagancias de mi marido. Yo misma las criticaba.

—No las recuerdo.

—Es que solo nos vimos una vez.

Todos guardaron silencio y Matilde se sintió en la necesidad de explicarle a Yazmina la conducta de Julián.

—Mi esposo hablaba con su padre muerto casi todas las noches. Cuando lo escuché hablando solo, pensé que me había casado con un loco. Después, a medida que pasaron los años, me acostumbré.

—Y, ¿solo hablaba con su padre? —preguntó Yazmina.

—Sí, él decía que lo visitaba.

—Y, ¡cómo lo hacía! —preguntó Yazmina.

—Llegaba a nuestra recámara.

—¿De qué forma?

—Entraba por el espejo, ese que les regalamos para tu boda. Su padre ya no lo visitaba y cada vez que miraba al espejo se entristecía.

Yazmina tuvo que agarrarse del sofá, pues sus piernas le temblaban. Julio observó su desconcierto, la sostuvo y la ayudó a sentarse.

—Hija, eres impresionable. Te has puesto pálida como si te fueras a desmayar.

Yazmina se llevó la mano a la boca, para no confesarle a Matilde que Mario también la visitaba y que salía por ese mismo espejo.

—Mamá, nunca me contaste esas visiones de mi padre.

—Él me lo prohibió, primero porque eras un niño, luego un adolescente y después ya siendo un psiquiatra, pensaba que lo internarías en un manicomio.

Todos rieron a excepción de Yazmina que aún no se había recuperado del susto. Mercedes se acercó y le dijo al oído.

—Ni se te ocurra contarle a la tía tus visiones.

—Mercedes, habla en voz alta, no me gusta cuando me ocultan algo. ¿Qué le dijiste a Yazmina? —Acotó doña Matilde.

—Que Julio estudió psiquiatría porque todos en esta familia estamos locos, claro que a excepción tuya, querida tía.

Julio se despidió de su madre y le dijo a Mercedes y a Yazmina que era hora de partir. A esta todavía le temblaban las piernas. Sin embargo, se sobrepuso y se levantó tambaleándose. Mercedes se percató de la situación y tomándola por un brazo la ayudó hasta que llegaron al automóvil de Julio.

—No puedo creerlo, el abuelo de Mario también visitaba a su padre. Por favor, Julio, explícame ese fenómeno.

—Tranquila Yazmina. Han sido muchas emociones para un solo día. Cuando lleguemos descansa y mañana hacemos un recuento de todo lo que ha pasado la última semana para buscarle una explicación coherente.

—Está bien, descansaré un poco, pero mañana necesito entender lo que está pasando. Prométeme que buscarás una explicación. De lo contrario tendrás que internarme en el manicomio.

Julio les contó a las amigas que en el pueblo rondaba la leyenda de que su abuelo tenía pacto con Lucifer. Cuando se embriagaba, peleaba con sus amigos por esos comentarios. Los acusaba de calumniadores y decía que cuando muriera los vendría a visitar para llevarlos de la mano al mismísimo infierno. Cuando se ponía en ese plan todos se marchaban y el dueño de la cantina lo sacaba a empujones. Su mujer recibía muchas quejas y cuando sus hijos crecieron en vez de reprenderlo, se lo celebraban.

Julio aseguró que también corrían rumores en el pueblo acerca de cierto culto satanista que realizaba su abuelo con sus amigos adeptos. Dichos ritos eran practicados por los miembros de la llamada Orden Esotérica, que era sin duda una religión pagana importada. La Orden Esotérica Amanecer de Oro era una antigua logia masónica, consagrada a un culto condenado por la Iglesia Católica. El día después del funeral del abuelo, algunos aseguraron haberlo visto. La familia no les creyó, hasta que una noche se le apareció a su hijo Julián. Cuando se lo comentó a su madre, esta le prohibió repetir el incidente. Pero una madrugada la abuela se despertó gritando que acababa de ver al abuelo. A partir de ese día, la abuela charlaba casi todas las madrugadas con el difunto. Recuerdo que un día me dijo: "los muertos nunca nos abandonan del todo. Ahí tienes a mi marido, murió hace muchos años… y cada madrugada viene a verme y a hablar conmigo". Al ver que yo dudaba, agregó. "la gente cree que son tonterías de vieja chiflada. Pero nadie conoce ese otro mundo maravilloso, donde los seres humanos podemos comunicarnos, más allá de la vida y de la muerte". Le rebatí una a una sus palabras y disgustado, la llamé desquiciada. Pero cuando observé su bondadoso semblante, me disculpé. Los ojos vivaces y enigmáticos, de la dama de pelo grisáceo, revelaron cierta picardía. Se acomodó en el amplio salón de la casa—finca y estirando sus piernas, enfundadas en medias de recio algodón, se descalzó y me dijo: "estoy tan habituada a los insultos y a la estupidez de la gente que un comentario así me halaga. Ahora, razonamos, aunque tengamos ideas diferentes. Yo creo en una forma de vida, más allá de la que todos conocen. Sí, no me mires así. No digas nada. Sé que en el fondo me entiendes, aunque pensemos de diferente manera. Es cuestión de matices, pero hay otra vida, no lo dudes. Es posible que tú o alguien más logre encontrarla. Se incorporó. El vestido negro, de sedoso brillo y suaves encajes, daban a su figura alta y esbelta una arrogancia increíble, una presencia dominadora, llena de autoridad y elegancia. Se arregló el cabello, lo peinó en un sobrio moño alto, sobre su óvalo pálido y triste, igual al de un medallón o un camafeo. Ella expresó, despacio y con frialdad para finalizar nuestra conversación, ahora déjame descansar, después hablaremos. No obstante, nunca más abordamos el tema.

Mercedes contemplaba entre divertida y asustada el semblante de Yazmina, aterrada, abría desmesuradamente los ojos. Julio se percató del efecto que su relato había causado en ella, por esa razón, le dijo que no tomara en serio sus palabras, pues eran el producto de las leyendas urbanas.

CAPÍTULO 6

Yazmina durmió inquieta, moviéndose de un lado a otro en la cama. Mercedes no había logrado conciliar el sueño y fue a la habitación de Yazmina continua a la de ella. La observó por varios minutos. La temperatura había descendido y el frío obligó a su amiga a cubrirse con las dos mantas que Julio le había dejado sobre la cama. Se retiró a su cuarto y el sueño la venció. Entre dormida y despierta escuchó, una voz. Era Yazmina y se levantó para verificar si aún dormía. El semblante crispado de ella la hizo suponer que tenía una pesadilla. Regresó a su cama y se durmió casi enseguida.

En el frío mundo de las sombras, Mercedes vio una pavorosa criatura que se movía entremezclándose con la oscuridad. Los ojos fijos en Yazmina. De repente, el espectro aulló y un estremecimiento recorrió su espina dorsal. Pero, Mercedes no retrocedió. Entonces, los gemidos se convirtieron en chillidos; la enorme criatura se volteó y saltó sobre ella. Los ojos le brillaban a través de la oscuridad, la cara estaba hecha de huesos sin carne. La boca abierta, mostraba una lengua larga y afilada. Mercedes, dispuesta a enfrentar el miedo que le producía semejante monstruo, buscó el crucifijo que llevaba al cuello en un hermoso collar y lo levantó hasta la altura de su barbilla. Bruscamente, la criatura retrocedió, cobijándose en las sombras, en la oscuridad. Mercedes ya no estaba asustada. Aunque el aspecto del espectro era espeluznante, no sintió miedo cuando este se le acercó, sino una gran compasión y entonces comprendió que ese sentimiento no se lo inspiraba la sombra o el monstruo que se cobijaba en la oscuridad. En verdad no sabía a quién compadecía. Una segunda figura venía hacia ella por la izquierda. Escuchó un susurro, un murmullo. Era Mario. Una mano fría se posó sobre su antebrazo y un grito agudo escapó de su garganta.

Semanas tratando de entender a su amiga y ahora, de repente, todas sus dudas se esfumaron ante la inesperada aparición de esa sombra horrenda, que la conmovió aun sin haber tenido tiempo de verla bien.

—Perdona, si te asusté Mercedes, tuviste una pesadilla —dijo Yazmina.

—No fue una pesadilla. Los vi.

—¿A quiénes?

—A la sombra y a Mario.

—Pero, ¿de qué estás hablando?

Mercedes le contó a su amiga el incidente con lujo de detalles. Yazmina la dejó concluir el relato y luego le confirmó que era fiel a sus visiones. Agregó que ella se había despertado desde hacía más de una hora y todo ese tiempo la vio dormida. Le extrañaba que Mercedes mencionara detalles que ella no le había contado por qué los había obviado, sin embargo, su amiga los relataba con sorprendente exactitud.

Mientras desayunaban le contaron a Julio las visiones, pero este no pudo encontrar una explicación. Posiblemente, Mercedes estuviera tan impresionada por los relatos de Yazmina, que su imaginación se desatara hasta el extremo del delirio y que incluso viera algo siniestro en el rostro de aquella sombra, que, según ella, cruzó abruptamente el umbral de la puerta de la recámara. Decidió no compartir sus reflexiones. Era preferible esperar un tiempo prudencial hasta tener claridad sobre ese tortuoso asunto. Yazmina le preguntó al Julio el nombre de su abuelo.

—Mario, se llamaba como tu marido. Desde que este nació fue su preferido y por eso la familia decidió ponerle su nombre.

—Julio, ¿qué has sabido del tío Julián? ¿Se han comunicado los secuestradores? —preguntó Mercedes.

—No, ni para pedir rescate.

—Creo que tu padre está muerto —dijo Yazmina de sopetón.

Julio se levantó de la mesa tan bruscamente que derramó la taza de café.

—Perdona mi exabrupto, Julio. No sé lo que digo.

—Yaz, por favor, cuéntale la visión que tuviste del tío Julián con Mario.

Julio, alterado, miraba a las dos mujeres como si estuvieran dementes. En vista de que Yazmina continuaba en silencio, Mercedes le explicó que el viaje de ellas a Honduras, se debió a la visión que tuvo Yazmina de Mario acompañado del tío Julián. Julio, en estado de conmoción, no reaccionó y guardó silencio

—Lo peor de todo es que yo también los vi —confesó Mercedes.

—¡¿Los viste y no me lo dijiste?! —preguntó Yazmina.

—Sí, no deseaba asustarte más de lo que estabas, por eso propuse hacer este viaje. El sueño que tuve fue producto de esa visión, aunque esta vez pude contemplar todos los detalles. La sombra no es el tío Julián. Esta los acompaña a ambos y creo que es el abuelo Mario que está penando y fue a recibir a su hijo y a su nieto.

Julio movía la cabeza de un lado a otro en señal de desaprobación. Mercedes explicó que después de horas de reflexión, llegó a la conclusión que no había razón para sentir miedo, aunque pareciera nacer de un recuerdo maligno y olvidado.

—Recuerda Julio que de niños escuchamos esas terribles historias que contaba el abuelo.

Después de un prolongado silencio, Yazmina, dijo:

—¿Saben algo?, creo que Mercedes tiene razón, Mario, el abuelo, es un espíritu atormentado que busca el perdón por todos sus errores. No pudo perdonarse a sí mismo el sufrimiento que le ocasionó a la única mujer que en realidad lo amó. Hizo padecer a su esposa, con sus borracheras y aventuras amorosas. Con esa ridícula afirmación de que había hecho pacto con Lucifer. Hasta después de muerto, la visitaba. La pobre mujer se fue consumiendo hasta que un día su corazón se detuvo cansado de tanto sufrir. Por otra parte, el resto de la familia tuvo que vivir con el estigma de que eran seres diabólicos. Don Mario les causó mucho daño y ahora está penando cada uno de sus pecados.

Yazmina pensó que tal vez debido a la situación y al entorno cultural en el que vivió Julio, rodeado de leyendas, herejía y brujerías, lo motivaron a estudiar psiquiatría con el propósito de comprender a los extraños miembros de su familia.

Julio y Mercedes contemplaban asustados la expresión del rostro de Yazmina y se preguntaban, cómo era posible que ella, que nunca conoció a la pareja fallecida, supiera hasta el más mínimo detalle de ellos. El primero en preguntarle fue Julio y ella respondió que la información acababa de llegar a su mente, como si alguien de un lugar lejano se la transmitiera.

Minutos después, Yazmina retornó a la normalidad y les preguntó qué sucedía. Julio quiso saber por qué razón conocía la historia del abuelo Mario y si su esposo se la había contado.

—No sé nada. Él nunca hablaba de su familia y cuando le preguntaba, se molestaba, así que dejé de hacerlo.

—Entonces, por qué dijiste que don Mario estaba penando por sus pecados—preguntó Mercedes.

—No he dicho eso. Jamás juzgo a las personas.

Julio le hizo una señal a Mercedes para que no la inquietara y esta lo entendió. Cambió de tema, preguntándole a Yazmina cuántos días pensaba quedarse en Honduras y si planeaba hacer turismo.

—Ni lo sueñes, no estoy para paseos y después de lo que nos ha contado Julio es mejor regresar lo antes posible.

—¡Cuándo sería eso! ¿Acaso en una semana?

—No, si tú no te opones, desearía regresar mañana mismo.

—¿Mañana? —preguntó Julio subiendo el tono de la voz.

—Ni loca me voy mañana, ¿crees que he viajado tan lejos para pasar dos días?

—Está bien, ¿dime cuánto tiempo pretendes quedarte?

—No menos de una semana. Además, podemos ayudar a Julio a encontrar al tío Julián.

—Será su cadáver, el tío Julián está muerto.

—Yazmina, por favor, controla lo que dices.

Julio estaba estupefacto. No conocía en profundidad a Yazmina, pero una persona en su sano juicio no se expresaría de manera tan despiadada. En el momento que le iba a contestar, vio que dos lágrimas corrían por su bello rostro. Era tal su expresión de sufrimiento que sintió conmiseración. Se acercó a ella y bajando el tono de voz le dijo:

—Tranquila Yaz —la llamó como lo hacía Mercedes para infundirle confianza—. Entiendo tu dolor, pero por qué razón dices que mi padre está muerto.

—Porque en mis visiones él acompaña a Mario y a tu abuelo y ambos están muertos. Me imagino que pensarás que estoy loca.

—En modo alguno. Hay algo en todos nosotros que nos hace sentirnos atraídos por lo extraño, lo sobrenatural, lo inexplicable. Y eso propicia su poder sobre nuestras mentes. Los realistas obstinados y los escépticos que se burlan de los misterios, son más vulnerables a la locura y ese no es tu caso. Creo que has pasado por momentos de mucha tensión y algunas personas reflejan su estado de ánimo a través de los sueños. Eres sensible a las influencias psíquicas. Como lo definió Jung: El individuo es la única realidad. Significa que todo lo demás es resultado de la interpretación subjetiva.

El teléfono celular de Julio sonó con un timbre que tenía destinado para las llamadas de su madre.

—Es mamá, tengo que contestarle.

A medida que escucha a su madre, Julio subió el tono de voz y preguntó quién le había dado la noticia. Mientras tanto, Yazmina y Mercedes esperaban impacientes que terminara la llamada. Julio cerró la comunicación, sin decir una sola palabra. Las amigas se miraban sin atreverse a preguntar. Después de una pausa que a Yazmina le pareció una eternidad. Julio dijo:

—Encontraron a mi padre.

—Gracias a Dios —dijo Mercedes.

Yazmina se mantuvo expectante, algo en el rostro de Julio le indicaba que esa no era una buena noticia. Julio se llevó las manos al rostro.

—Desgraciados, lo mataron sin contemplación y los hijos de puta nunca pidieron rescate. Es obvio que el dinero no fue el móvil.

Mercedes y Yazmina no sabían qué decir. Ante tanta crueldad, no hay palabras de consuelo. Mercedes preguntó quién había avisado. Julio le explicó que la policía recibió una llamada anónima donde informaban el hallazgo de un cadáver en estado de descomposición. Tenía más o menos cinco días de haber sido asesinado. Entre sus pertenencias encontraron una billetera con los documentos de identificación de don Julián.

Julio identificó el cadáver de su padre y encargó a una agencia funeraria de los trámites para el funeral. Doña Matilde insistía en que se cumpliera la última voluntad de su esposo. Ser incinerado y que sus cenizas se esparcieran en el mar. Julio no estaba de acuerdo. Prefería un funeral convencional. Pero doña Matilde se mantuvo firme en cumplir la última voluntad del hombre que había amado por más de sesenta años.

La Policía llamó a Julio para informarle que los secuestradores habían sido apresados. Después de una intensa investigación los descubrieron porque ellos habían tratado de conseguir, sin receta, los medicamentos de Julián. El encargado sospechó y llamó a la Policía. Días después, fueron identificados, pues sus rostros habían quedado grabados en la cámara de seguridad de la farmacia.

Una vez culminada la ceremonia del funeral, Yazmina le comunicó a Julio su deseo de regresar a Panamá. Cuando él le preguntó la razón de su prisa, ella respondió que había viajado para comprobar la muerte del tío Julián, debido a la visión que tuvo y que ya su objetivo había culminado.

—Mi estadía aquí ya no tiene sentido. Estoy alterada y me sentiría mejor en mi país—Yazmina no pudo contener el llanto, Julio se acercó y la abrazó. De inmediato se separó. Sintió a Yazmina temblar en sus brazos y se preguntó cómo podía una mujer sentirse conmovida por el abrazo de otro hombre cuando acababa de perder a su esposo.

Yazmina levantó la mirada y se dio cuenta de que Julio había notado su desconcierto. Ella se negaba a reconocer que desde que vio a Julio en el aeropuerto de Tegucigalpa se sintió inquieta, atraída por él. Un motivo más de perturbación, pues comprobaba que Julio no le era indiferente. Una y otra vez se repetía que debía alejarse lo antes posible.

—No quiero quedarme ni un solo día más —Mercedes la observaba extrañada de la reacción de su amiga.

—Cálmate Yaz, nos iremos en un par de días. No seas impertinente que Julio nos recibió con mucho afecto y ahora nos necesita.

Julio no dijo una sola palabra. Él tampoco deseaba que Yazmina regresara a Panamá. A pesar de la angustia por la muerte de su primo y ahora de su padre, él percibía que ella lo necesitaba, pues estaba sola y perturbada.

—Yazmina, quédate unos días más hasta que te tranquilices. Además, la compañía de ustedes me ayudará a sobreponerme.

Yazmina no contestó, pero movió la cabeza en señal de aceptación. Su rostro reflejaba una profunda tristeza. Mercedes miró a su primo y a su mejor amiga. El sufrimiento de ambos era similar, las carencias, las mismas. Una loca idea le cruzó por la cabeza. Si Yazmina se enamorara de Julio ya no estaría sola. Por otra parte, a Julio le sería fácil amarla, ya que era una mujer admirable.

Si Yazmina supiera lo que estaba pensando, la mataría. Se acercó a Julio, pidiéndole que las llevara a cenar a un lugar discreto y sencillo.

—Mercedes, ¿cómo se te ocurre que Julio va a querer salir después de toda esta tragedia?

—No es tan mala idea, me hará bien despejar la mente—dijo Julio—. Conozco un restaurante italiano que reúne esas condiciones.

—Entonces vamos.

Yazmina se dejó llevar casi a rastras por su amiga hasta el carro de Julio. Durante el trayecto, ella no pronunció una sola palabra. Julio entonces le preguntó si se sentía bien. Yazmina respondió que no sabía.

A pesar de todo el sufrimiento y las pérdidas, la pasaron bien. Julio pidió vino y cuando le sirvieron las copas, Mercedes sugirió un brindis. Yazmina se lo reprochó, pero Julio intervino, diciendo que a pesar de las tragedias que todos habían sufrido, la vida continuaba. Mercedes levantó la copa y brindó por la vida, por el amor y la amistad. Julio y Yazmina levantaron sus copas. Por primera vez en días, Yazmina comió con apetito.

CAPÍTULO 7

Después de cenar, Yazmina, Julio y Mercedes permanecieron más de una hora charlando. Julio se expresó con vehemencia sobre su profesión y su vida. Sin embargo, Yazmina percibía... silencios. Ella no podía dejar de mirarlo, Julio tenía una personalidad atractiva, de contrastes: solar y umbrío, simple y complejo, accesible y distante. Al mismo tiempo, era un hombre abierto, cuya presencia traslucía un carácter estoico.

Julio se interesó en saber cómo se conocieron ella y Mario. Yazmina le contó que fue en una galería de artes, durante una exposición colectiva. Como ceremonia de graduación, diez artistas expusieron sus pinturas. Ella se sentía triste porque a pesar de haberse esforzado más que sus compañeros, al presentar ocho obras en vez de tres, ella era la única que no había vendido ninguna. Una de las compañeras se burló diciendo que de nada le había servido su afán. Uno de los asistentes a la exposición que escuchó el comentario se acercó a Yazmina y le dijo que sus pinturas eran las mejores.

—Pueden ser las mejores, pero nadie las comprará —respondió la compañera burlona.

El misterioso señor le respondió que eso era porque ya estaban vendidas. Yazmina contrajo el semblante pensando que ahora el desconocido se unía a la burla de sus compañeros.

—Yazmina, es su nombre, ¿verdad?

—Así es.

—Deme su apellido y el valor de todos sus cuadros para girarle el cheque de inmediato. Yazmina lo miró incrédula, pues la broma había sobrepasado su capacidad de tolerancia. Cuando iba a responder, observó que el misterioso caballero sacaba su chequera y una pluma de oro.

—Yazmina Sucre —dijo tímidamente.

—¿Por cuánto le hago el cheque?

Hizo el cálculo y dijo que cada pintura la estaba vendiendo en 800 dólares, pero que si las compraba todas le haría un descuento.

—Cinco mil dólares con el descuento.

—No, Yazmina, en las obras de arte no se hacen descuentos. Soy bueno en matemáticas.

Cuando Yazmina vio el cheque por seis mil cuatrocientos dólares, casi le da un infarto. Era su día de suerte. Observó el nombre de dueño de la cuenta. Mario Ruiz Valenzuela. Ese día conoció a quien sería su esposo. Un año después, para la misma fecha, se casaron. Mientras Yazmina contaba su historia de amor, su semblante se fue transformando. Era como si la felicidad del pasado la visitara y borrara por completo el sufrimiento del presente. Mercedes no se pudo contener y le dijo:

—Esos son los recuerdos que debes conservar de Mario, no dejes que la tristeza borre los años dichosos que compartieron, aunque pocos, fueron felices.

—Tienes razón, pero me hace falta su compañía, su amor, su comprensión. Me he quedado sola.

—No estás sola, nos tienes a nosotros, ¿verdad Julio?

El hombre estaba tan extasiado con el relato de Yazmina que solo reaccionó cuando Mercedes volvió a preguntarle:

—¿Verdad Julio?

—Claro que sí, Yazmina, tú sabes que cuentas con nosotros.

—Sí, perdón. No crean que soy desagradecida. Aprecio la compañía de ustedes. No tengo a nadie y sin la familia de Mario no hubiera podido soportar tanto dolor.

Al día siguiente, Julio les pidió que lo acompañaran a visitar a doña Matilde. Ella misma les abrió la puerta. Se veía serena y Julio le comentó que se alegraba de que no estuviera angustiada.

—Hijo, ahora sé que tu padre descansa en paz y que ya no está a merced de esos delincuentes. El forense dijo que no lo torturaron y que es posible que Julián muriera de un infarto, porque le subió la glicemia y por la falta de sus medicamentos la presión arterial se le incrementó. Me aseguró que no sufrió y eso me tranquiliza.

Julio pensó que el forense había sido compasivo con darle esa versión a su anciana madre.

—Menos mal que te sientes así, pues estaba preocupado por tu reacción.

Doña Matilde se acercó a Yazmina y la abrazó, diciéndole que ahora más que nunca comprendía su sufrimiento. Ella correspondió a la muestra de afecto y se sintió como cuando su madre la consolaba luego de fallecer su padre en un accidente. Soslayó su sufrimiento para aliviar el de su hija, sin saber que dos semanas después, ella también moriría dejándola en la más absoluta soledad. Cuanta admiración sintió por doña Matilde, a quien apenas conocía y, sin embargo, la trataba como si fuera su madre. Mercedes y Julio contemplaban, conmovidos, la escena de ambas mujeres unidas en el dolor de una pérdida irreparable y con el amor suficiente para consolarse.

Julio le comentó a su madre que Yazmina deseaba regresar lo antes posible a Panamá.

—De ninguna manera, pero si insistes, nos iremos con ustedes.

—¿Lo dice en serio?

—¿Acaso no somos bienvenidos?

—Claro que sí. Pero…

—Sin peros, ya sabes, si te vas, te acompañaremos. ¿Verdad, hijo?

—No sería mala idea, tengo dos meses de vacaciones acumuladas. Además, a mi madre le convendría cambiar de ambiente.

—Ambos se pueden alojar en mi casa —dijo Mercedes.

—Mi madre sí, pero yo iré a un hotel. Tengo entendido que tu apartamento es pequeño—dijo Julio.

—No, tu madre se hospedará en mi casa y tú en la de Mercedes —dijo Yazmina.

—¿Cuándo nos vamos? —dijo doña Matilde.

Julio y Mercedes sonrieron ante la determinación de doña Matilde.

—Mamá, tú nunca quisiste viajar, no puedo creer que ahora estés dispuesta a hacerlo así de un día para otro.

—No era yo, quien se negaba a viajar, era tu padre que le tenía pavor a los aviones.

—Mamá, a tu edad no es bueno apresurarse. Podemos irnos en una semana, si Yazmina y Mercedes insisten en invitarnos.

Esa noche, cuando llegaron al apartamento de Julio, Yazmina estaba más tranquila. Le pidió la computadora portátil a Mercedes para comunicarse con una compañera de la oficina que la había llamado y ella no pudo atender.

Mercedes y Julio se quedaron en el comedor conversando. Media hora después, entró Yazmina lívida y temblorosa. Por más intentos que hacía, las palabras no salían de su boca, entre señas y lágrimas intentaba comunicarse. Mercedes le buscó un vaso con agua. Julio le dice que respire despacio y que se calme. Yazmina tomó un poco. logró hablar.

—Hablé con Mario por Skype.

—Por favor Yaz, debes poner de tu parte o perderás la razón.

—Cálmate Mercedes y déjala hablar —dijo Julio.

Yazmina les contó que cuando habló con su amiga, esta le dijo que su ex jefe quería que reconsiderara su renuncia. Que la necesitaba, ya que la oficina sin ella era un caos. Le envió sus disculpas y la autorizó a regresar cuando se sintiera mejor.

—Entonces no fue con Mario que hablaste—la interrumpió Mercedes.

—Eso fue después de que había terminado de hablar, entonces vi una solicitud de videoconferencia, la dirección era de Mario. Al principio pensé que era un bromista que conocía la contraseña de él. Me llené de valor y acepté.

Yazmina detuvo el relato y recorrió el comedor del apartamento para darse valor. Mercedes hizo un gran esfuerzo para controlarse, pues notó que su amiga estaba al borde de la desesperación.

—Concluye Yaz, dinos qué pasó.

—Escuché un murmullo, vi una sombra y por el espejo de mi habitación, observé que Mario salía por el espejo y se sentaba en mi cama. Sonriente dijo que me amaba, y aseguró que pronto desaparecería, ya que estaba esperando que yo me estabilizara. Me explicó que solo estaba en compañía del tío Julián porque el abuelo Mario había logrado neutralizar a la gitana.

—¡Qué dices! —gritó Mercedes.

—Tranquila Mercedes, no la alteres más.

—Julio, tú eres psiquiatra, no es posible que escuches semejante locura y te quedes como si nada ocurriera— dijo Mercedes.

—Merci, sé que esto no tiene ni pie ni cabeza, pero eso fue exactamente lo que vi. Te juro que no estaba dormida y que esta vez no fue una pesadilla.

—Tranquila Yaz, te creo.

Mercedes se acercó y la abrazó, pero de inmediato se apartó al percibir un fuerte olor al perfume de Mario. Miró de un lado a otro en busca de una explicación.

—Lo sientes, ¿verdad?

Mercedes no respondió y Julio intrigado, preguntó qué es lo que ambas sienten.

—La presencia de Mario —respondió Mercedes.

—¿Cómo lo perciben? —preguntó Julio.

—Por su perfume: Obsesión for men de Calvin Klein —respondieron ambas.

Julio no es un hombre impresionable, su profesión lo había preparado para enfrentarse a las situaciones más inverosímiles. No obstante, sintió un olor a esencias, reconociendo el perfume de su primo. Mario tenía la costumbre de perfumarse en exceso, por donde pasaba dejaba una fragancia que más que agradar, fastidiaba. Yazmina logró que se pusiera menos cantidad, aduciendo que le producía alergia.

Julio prefirió no comentar que él también había reconocido la fragancia de su primo. Cambió drásticamente de tema y las invitó a ver una película en su estudio. Una hora después, Yazmina y Mercedes se retiraron a sus respectivas habitaciones.

—Yaz, ¿no prefieres dormir esta noche conmigo? Estás impresionada.

—No es necesario. Además, tengo sueño y creo que me dormiré enseguida, ya es hora de que te deje descansar.

—Si necesitas algo, llámame.

—Así lo haré, cierra la puerta, gracias.

CAPÍTULO 8

Julio no podía dormir. Por más que intentaba encontrar una explicación para la extraña fragancia que había impregnado el comedor, no lo lograba. Recorrió el apartamento varias veces para sosegarse. Al pasar frente a la recámara de Yazmina escuchó voces. Sin dudarlo un solo momento, abrió la puerta. A pesar de la oscuridad vio una figura inclinada sobre la cama de Yazmina. Se acercó despacio para comprobar que no fuera Mercedes y cuando estuvo a una distancia prudencial, notó que era un hombre. Este se sentó a un lado de la cama, tomó una de las manos de Yazmina y murmuró algunas palabras que no alcanzó a comprender.

Julio se movió con precaución para identificar el rostro de aquel hombre, le dio la vuelta, acercándose más y miró. Su corazón estuvo a punto de detenerse, su mente sufrió un colapso, intentando procesar la imagen que le transmitían sus ojos. Dio un paso hacia atrás y cayó torpemente en el suelo, sin dejar de mirar hacia la cama. Reconoció a Mario y en su rostro sin expresión, como el de una máscara, afloró una sonrisa. Julio se levantó, despacio, con precaución. De repente, Yazmina despertó, aterrada. Se cubrió el rostro con la almohada y ahogó un grito. Julio se acerca y Mario desaparece. No le quedaba la menor duda, era él. Yazmina conmocionada se abrazó a él y le dijo:

—¿Lo viste?

—Tranquila, estoy aquí contigo, nada te pasará. Mario jamás te haría daño.

—Entonces lo viste.

—Sí, Yaz, lo vi.

—Por favor no te vayas.

—No lo haré.

—Acuéstate a mi lado, no me dejes, tengo miedo.

Julio se recostó y casi enseguida Yazmina se quedó dormida. La contempló, en silencio, le acarició la cabeza y recostándose sobre la otra almohada, se quedó dormido.

Mercedes tenía por costumbre ir a la recámara de su amiga para que la acompañara a desayunar. Abrió la puerta que comunicaba las dos habitaciones y se dirigió hacia las cortinas, desplegándolas de un solo golpe. No pudo disimular su sorpresa. Yazmina dormía junto a Julio. Al entrar la luz de golpe, ambos despertaron. Mercedes en medio de la habitación no sabía qué hacer. Yazmina se asombró también al ver a Julio en su cama y de pronto lo recordó todo.

—Amiga, no pienses mal. Tuve una pesadilla, Julio me escuchó gritar y vino a socorrerme. Yo le pedí que me acompañara y me imagino que se quedó dormido.

—Tranquila Yaz, te creo. Además, nunca te juzgaría.

Julio le pidió a Mercedes que lo ayudara a preparar el desayuno. Una vez en la cocina, le dijo que había visto a Mario inclinado sobre la cama de Yazmina. Agregó que estaban pasando eventos paranormales que él no lograba entender.

—Mercedes, tengo un amigo profesor, que es parapsicólogo y hoy mismo lo consultaré. Esto rebasa mi capacidad de entendimiento. Si Yazmina fuera la única que percibiera estos fenómenos, no sería tan extraño, pero que tú y yo también los veamos, no tiene explicación científica. De niño mi abuelo me llevó varias veces donde Aniki, ella siempre tenía unos cascabeles en su falda y cuando Mario estaba inclinado sobre Yazmina, sentí el olor del tabaco de mi abuelo Mario y escuché los cascabeles de la gitana.

—Por favor, no se te ocurra contarle eso a Yazmina, se volvería loca.

Julio le explicó que las premoniciones y la intuición son productos de la conexión que se establece entre la experiencia, el sentido común y la sabiduría acumulada. La mayoría de la gente suele desestimar la gran cantidad de información que aprende durante toda la vida, pero la mente humana es capaz de relacionar esa información.

—Soy un científico y me cuesta creer en ciertos fenómenos. Pienso que solo la ciencia puede aportar respuestas reales y concretas.

—Algún día comprenderás que ciertas cosas no pueden ser explicadas por la ciencia. Y cuando eso suceda, tu vida cambiará de una forma que no te puedes imaginar. No entiendo como si no crees en la parapsicología —Julio no la dejó terminar y tomándola por un brazo le dijo—. Tranquila Mercedes, te pedí que me acompañaras a la cocina porque necesito tu ayuda, para que convenzas a Yazmina que me acompañe al parapsicólogo. Y no es que no crea, sino que tengo mis dudas. Pero soy un hombre de mente abierta. Ayúdame a convencer a Yazmina.

—Cuenta con eso, yo misma la acompañaré para dar testimonio de que yo también he visto…

Después de desayunar, Julio llamó al parapsicólogo y a grandes rasgos le explicó los acontecimientos posteriores a la muerte de su primo. Él les dio una cita para esa misma tarde. No fue nada fácil convencer a Yazmina, quien aprensiva, se negaba a comentar su vida íntima con un desconocido.

—¿Acaso no confías en mí? —le preguntó Julio.

—No se trata de eso, pero me es difícil hablar de este tema con un extraño.

—Es un profesional idóneo —dijo Julio.

—Yaz, qué te cuesta, ¿o es que prefieres continuar con esta angustia? —dijo Mercedes.

—Está bien, ¿a qué hora nos atenderá?

—A las tres de la tarde —dijo Julio.

Cuando llegaron a la oficina del parapsicólogo, Yazmina parecía haberse reconciliado con la situación. Además, desde el principio, el profesional le inspiró confianza. Era un hombre atractivo, de rostro sereno y actitud compasiva. Julio les había comentado a Mercedes y a Yazmina que su amigo trabajaba dieciocho horas diarias en una investigación sobre el fenómeno de "Visión remota": una habilidad aprendida para obtener información sobre cosas, personas y situaciones distantes en el tiempo y en el espacio.

El despacho de Eduardo Vargas parecía más la oficina de un director de colegio que la estancia de un parapsicólogo: sofás tapizados en cuero, un gran escritorio, plantas verdes y arreglos florales, todo ello enmarcaba una atmósfera ecológica. Yazmina tomó asiento; esperó incómoda, mientras observaba la gran cantidad de diplomas. Cuando el parapsicólogo le preguntó en qué la podía ayudar, ella se quedó callada por varios minutos, sin saber cómo iniciar el relato. Después de ingentes esfuerzos contó sus últimas experiencias, modulando su voz cada vez que notaba que subía el tono. Se controló para no prorrumpir en sollozos. Las pesadillas fueron la parte más difícil, pues no sabía si eran sueños o visiones. Él escuchó sin interrumpirla y cuando terminó, le dijo que a pesar de ser un caso complicado, la podía ayudar.

Yazmina inclinó la cabeza, luego desvió la vista y su mirada se perdió en una contemplación indeterminada. Su semblante reflejó una fría serenidad, que solo la ausencia o la abstracción ofrecen cuando la vida ha sido de tormentos, luchas y sufrimientos.

Yazmina le hizo muchas preguntas personales y el parapsicólogo las respondió con naturalidad, acostumbrado a que sus pacientes indagaran sobre su vida para sentirse confiados. Él le contó que estudió en Mumbay, la India. Eligió ese lugar, porque siempre sintió atracción por ese país misterioso y milenario. Antes de retirarse, Yazmina le preguntó a Eduardo si creía en la vida después de la muerte. Él respondió que no tenía dudas al respecto y agregó.

—Todos los que pasaron a la muerte temporal atestiguan que conservaron su "yo" junto con las capacidades intelectuales, sensitivas y volitivas. Más todavía, notaron que la vista y el oído se agudizaron, el pensamiento era más nítido, enérgico, y la memoria se aclaraba. Personas que habían perdido algunas de sus facultades, a causa de la enfermedad o de la edad, sintieron que las recuperaron en ese momento. El hombre comprende que puede ver, oír, pensar, sin órganos corporales. Es notable que un ciego de nacimiento, al salir de su cuerpo, vea todo lo que hacen los médicos y las enfermeras. Luego podrá contar todos los detalles de lo que ocurrió en el hospital. Pero al regresar a su cuerpo, volvía la ceguera. A los médicos y psiquiatras que identifican las funciones del pensamiento y los procesos químico—eléctricos del cerebro, les sería útil tomar en cuenta estos datos actuales reunidos por los médicos—

reanimadores, para entender la naturaleza del fenómeno.

El parapsicólogo también le explicó que existen casos registrados por las sociedades de investigaciones psíquicas que relatan que el moribundo es capaz de proyectar su personalidad a los parientes y amigos a millas de distancia. Se comprobó posteriormente que esas personas vieron su espectro, y en algunos casos conversaron con el difunto. Casi siempre la aparición espectral ocurrió antes de la muerte física de la persona. También se conocen casos en que el intenso deseo del individuo lo capacitó para proyectar su forma astral inmediatamente después de la muerte, aunque estos casos son más raros. Eduardo Vargas continuó explicando que el mundo cuenta con un lado oculto, una cara sobrenatural que susurra, murmura y se intuye, pero que pocos la perciben. La inmensa mayoría de las personas no son conscientes de ese lado paranormal.

—Algunos familiares establecen una relación con el alma del fallecido y perturban su descanso, sin tener en cuenta que retardan la evolución del ser querido en el mundo astral. A esas personas les aconsejo reprimir su egoísmo y no retardar con sus exigencias el progreso de quienes han pasado a la otra vida. Deben procurar que descansen en paz a la espera de su transmutación. Proceder de otro modo equivale a que experimenten repetidas veces las mismas sensaciones de la muerte física. Quienes aman a sus difuntos y son conscientes de esto, les evitan ese desasosiego. Su amor y su conocimiento los inducen a dejar en paz al alma que se fue, la cual merece el descanso antes de proseguir con su evolución —afirmó el parapsicólogo.

—Me crees responsable de esas visiones.

—No se trata de responsabilidad ni culpabilidad.

Yazmina le preguntó al parapsicólogo si los difuntos se enteran de su muerte, afirmando que Mario no creía en la vida después de la muerte. Él respondió que la creencia o la incredulidad en otra vida no alteran en lo más mínimo la acción de la ley de causa y efecto que purifica al alma en el mundo astral. Todo ser humano posee en el interior de su alma, por honda que esté, la intuición de su supervivencia. Estas creencias y opiniones latentes en la subconsciencia durante la vida física se actualizan en la vida astral.

Eduardo observó que Yazmina estaba distraída, tal vez por no entender su explicación, por esa razón le dijo:

—Hay personas que mueren y su espíritu no se entera, porque está atado a este mundo y puede perderse fácilmente. Nada les es familiar y cuando tratan de comunicarse con la gente se sorprenden al ver que nadie les responde. El espíritu no tiene energía, pues no hay cuerpo que se la transmita. Después de la muerte física, el alma permanece dormida en el cuerpo astral que le sirve de capa protectora. Algunos no se dan cuenta de que han muerto y no aciertan a explicarse lo que les sucede y eso comprueba la historia de las apariciones. Cuando la persona muere e inicia su paso hacia otra etapa de la vida, una fuerza poderosa, eterna e incomprensible la empuja hacia delante. Pero aunque la mayoría son empujados de esa forma, otros se detienen y miran atrás. Inconscientemente, se oponen a esa fuerza y es entonces cuando ocurren esos fenómenos.

—Estoy sorprendida, nunca había consultado a un médico como usted.

—No soy médico, recuérdalo, si lo fuera no podría expresar tan libremente mi pensamiento.

Mercedes y Julio la esperaban al salir de la oficina del parapsicólogo. Julio se percató de que la mente de Yazmina estaba a millas de distancia y le preguntó si aceptaría la ayuda de su amigo. Ella respondió que sí, porque estaba convencida de que él podía ayudarla.

Yazmina regresó a la oficina de Eduardo y le preguntó:

—Doctor, cuando tiempo debo permanecer aquí. Vivo en Panamá y solo estoy de paso.

—Lo sé, Julio ya me explicó. Creo que en tres semanas podemos resolver este caso. Siempre y cuando usted acepte someterse a hipnosis.

—No hay problema con eso, pero me gustaría saber la opinión de Julio.

Eduardo hizo pasar a Julio para informarle sobre las sesiones de hipnosis. Él confiaba en su amigo y lo manifestó.

—Yaz, creo que Eduardo puede contestar una a una, todas nuestras interrogantes y resolver este complicado caso.

—¿Cuándo empezamos? —preguntó Yazmina.

—Hoy mismo —contestó el parapsicólogo.

—Pienso que es mejor mañana. Yazmina ha pasado por situaciones de estrés y está agotada. Dinos a qué horas nos puedes recibir mañana —dijo Julio.

—A la misma hora de hoy. Realizaremos las sesiones cada cuarenta y ocho horas para no agotarla.

Eduardo le pidió a Julio que lo acompañara a la biblioteca de su clínica para conversar en privado. Eduardo fue directo al grano.

—Eres psiquiatra, tengo que hacerte una pregunta de manera directa. ¿Evaluaste si Yazmina padece de un delirio paranoide?

—Por supuesto que lo hice, fue lo primero que pensé, pero lo descarté cuando mi prima Mercedes me confirmó que ella también había visto esas visiones. Y no solo ellas, yo también las he visto. Créeme que esto escapa de la psiquiatría.

—¿No se tratará de una proyección? —Insistió Eduardo.

—Recuerda que yo también lo vi. Te aseguro que no soy sugestionable. Nuestro problema es que nos hemos criado con una visión literal del mundo. Exigimos que los objetos tengan una identidad o significado. Nos han educado para ver solo con los ojos, en una visión única. Tú mejor que nadie lo sabes. Cuando lo sobrenatural irrumpe en nosotros, transformando lo profano en algo sagrado y asombroso, no estamos preparados. En lugar de centrarnos en la visión y reflexionar sobre ella, lo que hacemos es reaccionar con pánico. Asimilamos a través de la imaginación la complejidad de la imagen que se nos presenta. Buscamos un médico que nos tranquilice y nos diga que nuestras visiones son producto del estrés. Así perdemos la oportunidad de acariciar ese orden de realidad diferente, daimónica, que subyace detrás del orden literal.

Eduardo, perplejo, contemplaba a Julio, nunca antes lo había visto expresarse con tanta pasión.

—El problema es que nos cuesta tomar en serio esa realidad imaginativa. Entonces, el médico nos dice que las visiones desaparecerán a medida que asimilemos la pérdida y la mentalidad literal se reafirme. Incluso nos convence de que esas poderosas imágenes son imaginarias, tratando la imaginación con el mismo desprecio con que trata la realidad daimónica. No obstante, los poetas y visionarios, nos dicen que la imaginación es el modo principal, y el más importante, de percibir el mundo.

—Julio, por favor dime si evaluaste a Yazmina.

—Lo hice sin que ella se percatara. No deseaba asustarla. El paranoico cree de manera contundente en sus alucinaciones. No obstante, ella siempre ha tenido dudas, tú bien sabes que el delirio en esos pacientes es incorregible. No hay razón, persuasión ni pruebas sensoriales que valgan para convencer a los paranoicos de que están delirando. Al contrario, todo lo que ocurre parece respaldar el delirio. Quien lo sufre está atrapado en una sola realidad e impone su significado a todos los demás acontecimientos. En otras palabras, la paranoia es un desorden del significado y, como tal, remite en términos junguianos al arquetipo del significado. El paranoico es alguien que se ha visto superado por sí mismo.

—Bueno Julio, me alegro de que estés convencido de que tu prima no tiene problemas psiquiátricos. Así tendré libertad de acción. Tú sabes que debo ser precavido, pues tus colegas están al acecho esperando que cometa el mínimo error para caer en pandilla sobre mí y destruirme.

—No seas exagerado, yo siempre te he defendido.

—Lo sé y por eso mismo ayudaré a Yazmina.

—Te aclaro que mi prima es Mercedes, ella era la esposa de mi primo Mario.

Mercedes le pidió a Julio que la dejara en el centro comercial para hacer algunas compras. En cuanto el auto de su primo desapareció en la avenida, tomó un taxi. Fue directo a la casa de doña Matilde y la encontró rezando.

—Tía, no le digas a nadie que vine a visitarte.

Necesito una información y no quiero que Yazmina se entere, se pondría nerviosa.

—¿Qué sucede hija?, cuéntame o seré yo la que me altere.

—Quiero que me hables de la gitana, esa con la que mi tío se fugó.

—Te refieres a Aniki.

—Sí, tía, a ella me refiero.

—No entiendo tu interés, explícame por qué razón— Mercedes la interrumpió y le dijo—. Cuando Yazmina tuvo una de las visiones, vio que el tío Julián acompañaba a Mario. Por esa razón, vinimos a Honduras. No le cuentes a Julio que te lo dije, o se disgustaría conmigo.

—Y, ¡eso que tiene que ver con la gitana!

—Anoche cuando Julio escuchó a Yazmina gritar entró a su recámara, vio una sombra no identificada y escuchó el ruido de cascabeles como los de la falda de Aniki.

—Todos están locos o, ¿qué es lo que está pasando?

—Cálmate tía, no he debido venir a perturbarte.

—Perdóname, hija. Estoy nerviosa. Te contaré la historia. Cuando la gente del pueblo se burlaba de tu abuelo Mario por su conducta estrafalaria, él consultó a la madre de Aniki. Yo solo la vi una vez, pero su presencia me infundió terror. Sin embargo, el abuelo estaba encantado de que lo vieran con la bruja del pueblo. La abuela sufrió mucho, porque don Mario la traía a la casa y se encerraba con ella por horas. La bruja tenía una hija, pero la chica estudió en el extranjero. A los dieciocho años regresó y el abuelo se maravilló ante su belleza, pero por respeto a su amiga prometió tratarla como a una hija.

Dos años después, la bruja murió de una enfermedad terrible, nunca supimos cuál, pero los vecinos contaban que los gritos eran espeluznantes. La bruja dejó a don Mario al cuidado de Aniki, pero jamás la pudo traer a la casa, porque, por primera vez, la abuela se envalentonó y dijo que por encima de su cadáver. Para ese tiempo yo ya estaba casada con Julián.

Mercedes la interrumpió para preguntarle cómo se relacionaron Julián y Aniki. Doña Matilde se quitó los anteojos que estaban empañados y los limpió despacio, tomándose un tiempo en la narración.

—Hija, yo misma los sorprendí en el depósito al fondo de la casa.

Doña Matilde hizo una pausa y Mercedes no se atrevió a preguntar nada más.

—Le reclamé a Julián cómo era posible que me engañara de esa manera y respondió que la única engañada era Aniki, porque ella había sido primero. Fue el gran amor de su vida y Julián estuvo dispuesto a casarse con ella, pero don Mario se lo prohibió. Esa mujer era tan perversa como su madre y siempre tuve miedo de que le hiciera algún daño a mi hijo. Cuando se enteró de que el abuelo la menospreció, todo su odio se proyectó hacia Mario, el nieto preferido de don Mario. Por eso, no me extraña que ella esté perturbando su descanso.

—Tía, ¿por qué no te rebelaste ante esa situación tan humillante?

—No solo le temía a Aniki, también a Julián. Me amenazó con quitarme al niño si decidía irme y no soy mujer que abandona a un hijo. Esa fatídica noche tomé la decisión de no tener más hijos.

—¡Tu vida debió ser desgraciada, tía! ¿Lo sabe Julio?

—No, Mercedes, pero a pesar de todo bendigo a

la vida, pues me dio un hijo maravilloso, que aunque sospechaba mi sufrimiento, nunca me hizo una sola pregunta. Por otra parte, cuando Julián desapareció, todos en la familia me apoyaron. Cuando regresó tres años después, era como si lo hubieran cambiado. Se transformó en el esposo soñado. Nunca más tuve un solo motivo de queja de su comportamiento.

—¡Qué extraño! A lo mejor tuvo que ver con la desaparición de la gitana. ¿Crees que murió?

—No lo sé, en ocasiones pienso que Julián se deshizo de ella.

—¿Acaso crees que la asesinó?

—No me hagas caso, ya sabes que mi entretenimiento es la lectura de novelas negras.

—Tía, creo que es mejor no comentarle nuestra conversación a Julio. A Yazmina solo le contaré parte de la historia y le pediré discreción. Es mejor no desenterrar ese macabro pasado.

—Tienes razón, Mercedes y no te preocupes por Aniki, invocaré al abuelo Mario y le diré que se encargue de su perturbado espíritu.

—¿De verdad crees que el abuelo tenía poderes?

—Sí, estoy convencida de eso. Cuando agonizaba, la abuela me pidió que lo acompañara mientras ella buscaba al sacerdote para que le administrara los Santos Óleos. Cuando me quedé sola con él, me dijo que se había confesado días antes, arrepintiéndose de todos sus pecados y que se sentía perdonado por Dios. Sus últimas palabras fueron: "acompañaré a cada uno de los miembros de mi familia hasta la morada final y aunque tú no eres familiar directo, te quiero como una hija y también esperaré por ti". Cuando llegó la abuela con el sacerdote, ya don Mario había muerto.

Mercedes contemplaba admirada el semblante de doña Matilde, que tenía el aspecto de alguien cuya paz interior no se ve afectada por ningún acontecimiento del entorno.

Matilde también le confió, que un mes después de casarse, fue por su cuenta a visitar la hacienda de su suegro en Santa Rosa de Aguán. Cuando llegó al pueblo vio en la calle principal dos camiones aparcados.

Luego de una pausa prolongada, Matilde continuó el relato. A primera vista, se notaba que el pueblo era un caso extremado de decadencia.

—El ruido de la caída de agua se fue intensificando, hasta que apareció la profunda garganta del río, sobre la que se extendía un puente que desembocaba en una amplia plaza. Al atravesar el puente, miré a uno y otro lado, y observé en las márgenes, unas cuantas casas cubiertas de maleza, igual que en la parte baja del camino. A lo lejos, debajo del puente, el agua era abundante. A mi derecha, río arriba, se apreciaban dos poderosos saltos de agua, y otro río abajo, a la izquierda. Desde el puente el ruido era ensordecedor. Luego di la vuelta a una plaza espaciosa al otro lado del río, y me estacioné a la derecha, delante de un caserón alto, pintado de blanco y coronado por una cúpula. Sobre la puerta, un letrero medio borrado: Hermandad Amanecer de Oro. Me detuve a inspeccionar el sitio. Al otro lado, la plaza daba a un solar pedregoso tras el cual se extendía el río. En otro extremo había un restaurante de aspecto triste, una farmacia, un almacén de pescado al por mayor y al extremo, no lejos del río, las oficinas de la única industria del pueblo, una destilería. Era un extraño pueblo de silencio y de muerte.

Matilde trató de unir los recuerdos que llegaban a su mente en una vorágine perturbadora.

—Ni un alma se movía en la absoluta quietud de la calle. Lugares como ese conservan propiedades extrañas y tal vez sus tenebrosas tradiciones afecten la mente de los visitantes e incluso que hasta un germen de locura contagiosa acechara en lo más profundo del lugar. Anochecía e intentaré describir el desfile siniestro que me pareció ver aquella noche, bajo la luz de la luna.

Matilde volvió a interrumpir el relato y respiró profundo, mirando de un lado a otro, para cerciorarse de que nadie más la escuchaba. Entonces continuó.

—Mientras, permanecía agazapada entre la maleza, escuché murmullos que se intensificaban, pasos que se acercaban más y más. Cerré los ojos, contuve la respiración y concentré todas mis fuerzas en mantener los párpados apretados. Logré mantener los ojos cerrados hasta que un ronco clamor se hizo ensordecedor. En ese momento pasaban por delante de la zanja donde me escondía. No pude resistir más, y abrí los ojos porque mi propósito de permanecer con los ojos cerrados fracasó. Un grupo de locos bailaba alrededor del fuego. Avanzaban a brincos, chillando y bailando bajo el reflejo espectral de la luna, ataviados con ropajes extraños. El que encabezaba vestía una levita. Su voz era una especie de graznido, pero, constituía un lenguaje con matices de expresión para atemorizar a quien lo escuchara. No obstante, pese a su aberración, me resultaba en cierto modo familiar. Demasiado bien sabía quiénes eran: Don Mario, acompañado por sus amigos. Jamás habría podido imaginar la realidad demoníaca y blasfema que presencié. Perdí el conocimiento y cuando lo recobré minutos después, me encontraba en medio de unos matorrales, en una zanja cercana a la plaza. Por otra parte, no podía sustraerme a la sensación de que en todo momento me vigilaban unos ojos ocultos, taimados.

Mercedes no se atrevió a interrumpirla. Matilde, angustiada por los recuerdos, continuó el relato.

—Tenía una vaga idea de lo que había sucedido, pero en el fondo de mi mente palpitaba el sentimiento de algo espantoso. Sin embargo, lo cierto es que la naturaleza añade un inesperado elemento de furia al miedo, para estimular la supervivencia. Debía alejarme a toda costa de ese lugar y pese a la debilidad, el hambre, el horror y el aturdimiento logré llegar hasta la carretera principal. Desde entonces, siento que mi equilibrio mental se rompió para siempre. A partir de ese momento, mi vida ha sido una pesadilla de elucubraciones y pensamientos tenebrosos. Ya no sé dónde termina la espantosa realidad y dónde comienza la locura. Durante años, he luchado por apartar de mi mente todos esos recuerdos, algunas veces con éxito otro como ahora. No.

—¿Acaso le contaste a tu esposo esta terrible experiencia?

—Le comenté a Julián que no debía haber ido, pues yo sabía que ese era territorio prohibido. Los cultos que practicaban el abuelo y sus amigos eran extraños. En las ceremonias utilizaban unas vestiduras sacerdotales peculiares, raras. Sus credos heréticos hacían alusión a ciertas transformaciones prodigiosas, a través de los cuales obtenían la inmortalidad material en este mundo. Parecían unidos por una especie de misteriosa fidelidad, y sentían un gran desprecio por el resto del mundo, como si fueran los elegidos para otra vida mejor.

Cuando doña Matilde terminó el relato, Mercedes no hizo ningún otro comentario.

CAPÍTULO 9

Mientras los tres cenaban juntos en el apartamento, Mercedes alabó la comida, que había preparado Yazmina. Esta adujo que esa labor la distraía y alejaba los pensamientos perturbadores de su mente. Cuando terminaron de comer, Yazmina le preguntó a Julio detalle de la sesión de hipnosis. Él les explicó el proceso de manera sencilla.

—No quiero que se hagan ideas extrañas. No es un estado creado por misteriosos rituales que emanan de los ojos o las manos de los hipnólogos como si tuvieran poderes mágicos. No es así. Un paciente puede alcanzar el estado hipnótico mediante la hábil labor de otra persona o por la acción de un grabador. Con voz pausada y monocorde, diciendo las palabras adecuadas; el hipnólogo induce al paciente a lo que se llama trance: una modificación del estado de conciencia para hacer abstracción de la realidad y que permanezca receptiva a su interlocutor. El hemisferio cerebral izquierdo, el más operacional, alerta y lógico, se aletarga; y se accede al hemisferio derecho, que es más intuitivo y sensible.

Yazmina no cuestionó la explicación de Julio. Su estado anímico, apático, le restaba fuerzas. Era más fácil dejarse llevar que entrar en controversia con la persona que lo único que deseaba era ayudarla. Al día siguiente, en horas de la tarde, los tres fueron a visitar al Eduardo. Julio y Mercedes quedaron en regresar en una hora, una vez finalizada la reunión.

El parapsicólogo recibió a Yazmina con una sonrisa y luego le explicó que en la hipnosis la palabra tiene poder, pues se utiliza para curar. En conclusión, los pacientes están enfermos de palabras: palabras que han escuchado de sus padres, de la sociedad, o que se han dicho a sí mismo con términos que matan y duelen. Pero con palabras también curamos, agregó. Como Eduardo no veía a Yazmina convencida le sugirió que hicieran una prueba sencilla. Le solicitó que cerrara sus ojos y con voz serena le dijo:

—Imagine que está en medio del desierto y no ha bebido nada en horas. Le acercan un limón; es de un verde fuerte. Usted corta un gajo con un cuchillo filoso, luego exprime un trozo y el ácido jugo, cae en su boca. Tiene usted la boca llena de saliva, ¿verdad?

Yazmina imaginó el limón siendo exprimido en su boca y no tuvo más que tragar esa cantidad de saliva que fabricó en el proceso.

—Queda demostrada ahora el poder de la palabra. Abra sus ojos y conversemos sobre la sesión.

Yazmina, inquieta, le preguntó a Eduardo si la dormiría, él le dijo que este adormecimiento era diferente del sueño fisiológico profundo de todas las noches.

—No estará totalmente dormida, sino en un estado intermedio en el que escuchará y grabará todo lo que se dice. Se puede comparar al momento en que estamos por dormir o a punto de despertar. Por otra parte, Yazmina, ni Julio ni yo sabemos si tus visiones son producto de la ansiedad y el estrés por la muerte de tu esposo o un fenómeno paranormal. Creo que lo importante es que esto no te angustie. Voy a inducirte a un estado hipnótico y te preguntaré sobre los eventos que has vivido en las últimas semanas. ¿Estás de acuerdo?

—Sí, doctor.

—No me llames doctor, no soy médico.

—Y, ¡cómo lo llamo!

—Eduardo, espero ser tu amigo como lo es Julio.

—Está bien Eduardo, comencemos.

Fue fácil para Yazmina entrar en un estado de relajación muscular, ya que ella llevaba más de diez años meditando. Eduardo hizo un trabajo de visualización inducida. Le dijo que se colocara frente al espejo de su recámara. Tanto ella como Julio le habían contado que esa era la puerta de entrada de Mario y de la sombra que lo acompañaba. Con la visualización que Eduardo indujo en Yazmina su rostro se contrajo. El sufrimiento y la angustia que reflejaba su semblante eran indescriptibles.

—Yazmina, dime qué ves.

—Mario acaba de salir por el espejo.

—Tranquila, yo estoy contigo.

—¿Acaso lo ves?

—No.

Eduardo decidió inspirarle confianza a Yazmina para que enfrentara la situación.

—No debes tenerle miedo a Mario, él te amaba.

—Tienes razón, él me ama y me amará siempre. Pero está muerto y por eso le temo.

—No, él está en otra dimensión.

—Entonces, ¿está vivo?

—Ni vivo ni muerto.

—Eduardo, pensándolo bien, no es a Mario a quien temo.

—Y, ¡a quién le temes!

—Al tío Julián tampoco.

—¿Entonces quién te inspira tanto miedo? ¿A quién le temes? ¡Acaso al abuelo Mario! Julio me dijo que a él también lo ves.

—Tampoco es a él

—Entonces, ¿a quién?

—A ella.

—¿Quién es ella?

—La gitana.

—¿Qué gitana?

—Se llama Aniki.

—Aniki, ¿qué relación tiene con Mario, tu esposo?

—Era la amante del tío Julián.

—¿Y por qué está con ellos?

—Por una maldición.

—¿Qué maldición?

—El tío Julián me dijo que ella juró que lo esperaría cuando muriera para llevárselo al infierno. Pero como Mario murió primero, él lo recibió. Cuando ella llegó por Julián, Mario no permitió que se lo llevaran. Aniki tiene poderes siniestros y estuvo a punto de vencer a Mario, pero el abuelo, don Mario, se encargó de ella, una vez más.

—¿Una vez más?

—Sí. La otra fue cuando el tío Julián y Aniki se fugaron juntos. Después de varios años, don Mario logró encontrarlos y se enfrentó a Aniki.

Eduardo no daba crédito a lo que escuchaba, era una narración de lo más absurda, pero llena de detalles y Yazmina la contaba con seguridad. Por esa razón, quiso indagar más en la historia.

—Yazmina, ¿cómo fue que el abuelo se encargó?

—Al descubrir que Julián había huido con ella, abandonando a su hijo y a su esposa, fue tras ellos. Cuando al fin los encontró viviendo en una pensión de mala muerte en Madrid, discutió con su hijo. Aniki intervino y de un solo empujón se la quitó de encima. Ella calló sobre el quicio del piso fracturándose el cráneo. Padre e hijo de inmediato abandonaron la pensión sin dejar rastros. En el camino, Julián le contó a su padre la maldición de la gitana, pero él contestó que en su momento también se encargaría. Y cumplió su palabra porque cuando Mario se sintió vencido ante las fuerzas siniestras de la gitana, clamó por ayuda y de inmediato su abuelo llegó, llevándosela a rastras. Ahora solo están Mario y el tío Julián.

El parapsicólogo se percató que Yazmina poseía la facultad de la visión remota.

—Yazmina, creo que por hoy es suficiente. Ahora contaré hasta diez, en orden descendente y, cuando llegue al número uno, abrirás tus ojos y no tendrás memoria de estos eventos. Dejarán de asustarte y los podrás controlar.

Una vez concluida la sesión, Yazmina salió a la sala de espera donde Mercedes y Julio la esperaban. Eduardo le hizo señas a Julio para que pasara a su oficina y las dos amigas se quedaron conversando. Mercedes le preguntó por la sesión.

—Amiga, Eduardo me dijo que no recordaría nada, que lo importante es que me tranquilice y deje que la terapia funcione. Explicó que me curará con la palabra.

Eduardo le contó con lujo de detalles la sesión a Julio. Le extrañó que su amigo no demostrara sorpresa y cuando lo cuestionó, este respondió que con relación a Yazmina, ya nada le sorprendía. Sin embargo, en ese caso en particular, las conclusiones de Eduardo y Julio no concordaban. La mentalidad newtoniana de Julio era un gran obstáculo. Discutieron sin lograr ponerse de acuerdo. Eduardo opinaba que había dos posibilidades, una que Mario se sintiera culpable y que con sus apariciones buscaba el perdón de Yazmina. La segunda era que tuviera algo importante que comunicarle a ella, o ambas cosas. Julio estaba furioso y en tono airado le recordó que no hablaba con un ignorante.

—Seres evolucionados de varias reencarnaciones nos han dado informes sobre la vida del alma en el mundo astral. Dicen que la mayor felicidad o la más honda aflicción que puede experimentar un alma desencarnada es el respectivo conocimiento de sus buenas o malas acciones durante la vida terrena. Cuando la vista del alma se esclarece y agudiza de modo que percibe la intrincada urdimbre de las causas y efectos, las analiza hilo por hilo y tiene en sí misma un cielo o un infierno—dijo Eduardo.

—Tengo la impresión de que te burlas de mí o de que me estás provocando.

—No hay alegría comparable al del alma que experimenta los resultados lógicos de sus buenas acciones, ni torcedor tan agudo como el que ocasionan los efectos de su miserable conducta durante la vida terrena, con el pensamiento repulsivo de que, hubiera podido conducirse de otra manera. Recordemos que el infierno y el cielo de cada alma están en su interior, porque son el respectivo resultado de su karma, una pura creación mental de su propio ser —respondió Eduardo, sin hacer caso al comentario de Julio.

—Eduardo, no sé si fue buena idea consultarte el caso de Yazmina.

—No te preocupes, Julio, lograré estabilizarla y todas esas visiones pasarán a ser parte del pasado. Te lo aseguro.

En varias terapias, Eduardo logró que al fin Yazmina se despojara de su sentimiento de culpa. Ella se convenció de que no era responsable del accidente de Mario. La confusión por el affaire, tampoco fue su responsabilidad, sino de Mario, que no le confió que su secretaria lo estaba chantajeando. En la última sesión, Eduardo logró que Yazmina se despidiera de Mario.

Yazmina quiso saber si sus visiones de Mario, eran producto de pesadillas o eventos paranormales. Eduardo respondió que todo era confuso y que él mismo no sabía distinguir entre una u otra cosa. Lo más extraño era que, en ocasiones, tanto Mercedes como Julio fueron testigos de algunos de esos fenómenos inexplicables. Sin embargo, lo importante era que ella retornara a su vida cotidiana.

Eduardo le preguntó a Yazmina por qué razón no había tenido hijos en tres años de matrimonio.

—Yo deseaba embarazarme después del primer año de casada, pero Mario se opuso. Tuvimos algunos disgustos porque él no me daba una razón coherente. Hasta que un día cansado de mi insistencia, me confesó que jamás tendría hijos porque estaba seguro de que Aniki se lo robaría. Pese a que muchas veces le pregunté quién era Aniki, nunca me respondió.

—Entonces tú conocías la existencia de esa mujer.

—No, solo el nombre.

—Bueno, eso ya no importa.

Yazmina le comentó su deseo de consultar a un espiritista, pero él dijo que no se lo recomendaba y agregó.

—Los fraudes que tanto escándalo suscitó el espiritismo y que repugnó a las personas reflexivas, dieron como resultado el conocimiento de la verdad respecto de los fenómenos psíquicos. También nos permitió observar la comunicación de las entidades del plano astral y las del mundo físico. Los lazos que unen el alma desencarnada con la que quedó en la tierra son a manera de filamentos espirituales, algo así como una comunicación telepática. Esa es precisamente la relación que deseo que establezcas con Mario. Cuando el alma desencarnada se forja la imagen mental de la que dejó en la tierra, le parece que está a su lado o cerca. Cuando la persona que está en la tierra piensa intensamente en la que se fue, el alma desencarnada experimenta la sensación de que alguien lo llama.

Eduardo hizo una pausa y Yazmina no lo interrumpió escuchándolo con atención, él prosiguió:

—La prolongación de los sentimientos de amor y afecto entre las almas separadas es beneficiosa. Esta relación es pura, y la sienten muchas personas, aunque es inexplicable para aquellos que son incapaces de comprenderla. Esta comunicación espiritual no es siniestra porque todo en ella es armónico y placentero. Para nosotros es más provechoso elevarnos a los planos superiores de existencia donde nuestros difuntos se hallan. Comunicarnos espiritualmente con ellos por medio del pensamiento, sin necesidad del lenguaje verbal o escrito ni de comparecencia personal. En condición similar se encuentran aquellas otras almas atormentadas por el pensamiento de haber dejado incompleta una labor o incumplido un deber. Vagan en los lugares que más frecuentaban en su vida anterior y rondan por la casa en que habitaron, con el propósito de enmendar sus errores. El cuerpo astral perdura todo el tiempo que el alma permanece en el mundo astral, y en determinadas circunstancias es físicamente visible, manifestándose en lo que las personas llaman fantasmas o espectros.

—La conclusión es que no debo consultar a un espiritista.

—Es mi deber advertirte que te expones a graves

riesgos si abres las puertas de tu mente y de tu alma a las influencias astrales sin una verdadera guía y sin la suficiente preparación. En el mundo astral hay pantanos y ciénagas con apariencia de suelo firme donde pueden hundir sus pies los curiosos impertinentes. Por tanto, se debe tener cuidado con las vibraciones inferiores del mundo astral. Mantén fija la mente y el alma en las verdades espirituales y resiste a esa tentación.

Eduardo hizo varias anotaciones en el expediente y después le dijo:

—Yazmina, debes despedirte de Mario, abandona todo apego. Eres joven y tienes una vida por delante. No puedes enterrarte con él. Déjalo descansar en paz.

—No quiero, no puedo. Lo amo y no quiero quedarme sola.

—Mario está muerto y tú estás viva, ¿entiendes eso?

—No sé qué hacer.

—No tienes otra salida que despedirlo.

—Y, ¿cómo lo hago?

—Como te dicte tu corazón.

—Lo haré en la última sesión.

Eduardo le comentó a Yazmina que posiblemente Mario buscaba su perdón y por esa razón se mantenía apegado a la vida terrenal. O que tuviera algo importante que comunicarle.

—Sí, es así, trataré de comunicarme con él, no creo que tenga nada que perdonarle, pero si él lo piensa así, quiero que sepa que lo perdono de corazón.

—La palabra que mejor expresa el significado espiritual y el propósito de la vida y de sus experiencias en los planos superiores es el amor, pues desvanece el temor y su fruto es la paz.

Como Yazmina permanecía en silencio, Eduardo agregó:

—Cada accidente o desastre contiene una dimensión redentora de la que no solemos ser conscientes. Descúbrela en tu interior y utilízala para retomar el control de tu vida. Enfrenta tus fantasmas y cada vez sentirás menos miedo. Llegará el día en que ya no quedará temor; solo paz y el conocimiento de que todo estará bien, pues la muerte solo es la disolución de la forma. Reconocerás que la muerte es ilusoria, tan ilusoria como la sombra con la que se ha identificado.

—No quiero seguir sufriendo, no soporto más esta agonía.

—Si no hubieras sufrido como lo has hecho, no tendrías profundidad como ser humano, ni humildad, ni compasión. El sufrimiento abre el caparazón del ego, pero llega un momento en que cumple su propósito. El sufrimiento es necesario hasta que te das cuenta de que es innecesario.

Eduardo y Yazmina charlaron por varios minutos más. Ella le pidió hacer la despedida de Mario guiada por él. El parapsicólogo le dio las instrucciones y ella cerró sus ojos y dijo:

—Mario, descansa en paz, te despido con todo el amor que sentí por ti. Ya no estás a mi lado físicamente. Ni tampoco deseo que esté tu sombra. Sé que tú deseas mi felicidad. Lucharé por encontrarla. Te amaré siempre, pero buscaré mi felicidad. Soy joven y si encuentro un hombre tan maravilloso como tú, me volveré a casar, no lo tomes como una traición. Si no como un homenaje a la vida, al amor, a la felicidad. Descansa en paz mi amado esposo.

Yazmina guardó silencio por varios minutos y cuando Eduardo se dio cuenta de que no tenía nada más que agregar, inició la cuenta regresiva para que ella despertara. Al abrir los ojos, él le preguntó cómo se sentía.

—Liberada, amigo. Una inmensa serenidad llena los espacios que antes llenaban el miedo y la angustia. Gracias, me has ayudado mucho. ¿Cuándo me darás de alta?

—Hoy mismo.

En esta ocasión, Yazmina había ido sola al consultorio de Eduardo y al salir, caminó por más de dos horas hasta llegar al apartamento de Julio. Allí la esperaban sus dos amigos.

La lluvia había mojado sus cabellos y su vestido. Mercedes se asustó.

—¿Por qué vienes en ese estado? Estás toda mojada.

—La lluvia fue como un regalo de Dios. Él limpió toda mi energía, mi tristeza. Me siento renovada, libre. Gracias por la paciencia que me tuvieron. Los quiero mucho.

Mercedes se acercó a Yazmina y la abrazó, Julio se unió al abrazo, tres almas unidas por el amor y la solidaridad. El timbre del celular de Julio interrumpió la escena. Era doña Matilde solicitando que la fueran a visitar.

CAPÍTULO 10

Yazmina y Mercedes habían decidido regresar a Panamá y aunque doña Matilde deseaba acompañarlas, se encontraba delicada de salud y el médico le recomendó suspender el viaje. Esa sería su última noche en Tegucigalpa. Eduardo había invitado a cenar a Mercedes y aunque ella decía que no le interesaba, se pasó toda la tarde escogiendo el vestido para la cena. Yazmina como todas las tardes, había preparado la cena. Cuando Mercedes estuvo lista y salió de su recámara, Yazmina le dijo que estaba preciosa y que siempre debía arreglarse de esa forma.

—Y, ¡eso que Eduardo no te interesa!

—No he dicho eso, lo que te dije es que no me interesa como pareja.

—No lo niegues, Eduardo es atractivo y además tiene una personalidad arrolladora.

—Sí, pero tú sabes que con la edad una se pone más exigente.

—¿Edad?, mujer, si solo tienes treinta y ocho años.

—Te confieso que Eduardo me interesa, pero como amigo.

—Amigo, es la mejor forma de iniciar una relación. Si no son amigos, jamás podrán ser amantes.

—¡Amantes!, tu expresión es la de una mujer moderna y tu mentalidad es victoriana.

—Victoriana no, medieval.

—Veo que te sientes mejor porque ha regresado mi amiga la bromista.

—Si Merci, estoy mejor. Y se lo debo a tu enamorado.

—Yaz, por favor, no es mi enamorado.

—Entonces por qué motivo no nos invitó a todos.

—No lo sé. Y ya, deja ese asunto.

—Tranquila amiga, tú sabes que quiero para ti lo mejor.

—Lo sé.

Cuando Julio llegó ya Eduardo y Mercedes habían salido. Cenaron en silencio y cuando terminaron de lavar los platos fueron al estudio para conversar y Julio abrió una botella de su mejor vino.

—¿Qué celebramos, Julio?

—La vida, el amor.

—¿El amor?

—¿Acaso no te has dado cuenta?

—¡A qué te refieres!

—A que te amo —lo dijo de repente, sin embargo, Yazmina no se sorprendió, lo supo desde aquella vez que tembló en sus brazos cuando la abrazó para consolarla. No solo sabía que Julio la amaba, sino que ella, a pesar de su desolación, correspondía a ese sentimiento.

Hacer el amor, en el transcurso de la velada, le hubiera parecido a Yazmina la culminación de un proceso inevitable, una despedida. Un acto pasajero, intrascendente. Sin embargo, fue maravilloso, pues no fueron extraños tanteos entre desconocidos, sino la intimidad evidente de dos amantes que se reencuentran y redescubren sus cuerpos tras una larga separación. Fue intenso, la arrastró una ola de pasión y se entregó a él como se ofrece una mujer al hombre de su vida. A cambio, él la amó con una energía densa que los agotó. Dos cuerpos abrazados durante largos minutos silenciosos, permitiendo que sus espíritus prevalecieran sobre sus cuerpos. Después, quedaron mirándose el uno al otro, tranquilos y cálidos. El tiempo transcurrió así, entre dos nuevos amantes, entregados al asombro.

Son odiosas las comparaciones, pero Yazmina no pudo evitar comparar sus sentimientos cuando hizo el amor con su esposo por primera vez. A pesar de que lo amaba, el acto fue intrascendente, solo placentero, como cuando tu cuerpo le da la bienvenida al placer. Con Julio fue diferente; comunión de almas, el encuentro de dos que son uno, con su individualidad, con espiritualidades separadas, pero a la vez juntas. Fue ensueño, magia. Aunque nunca volviera a hacer el amor con Julio, su recuerdo la acompañaría por el resto de su vida.

Tumbados cerca, ella trataba de dilucidar lo que la había acercado a él, además de la profundidad del deseo mutuo, existía una inmensa comunión entre ellos y el sentimiento se había disipado en una sensación tangible de distancia. Yazmina fue la primera en separarse. Lanzó un profundo suspiro, saltó de la cama y se vistió a toda prisa. En el preciso instante en que los fragmentos dispersos de sí misma se habían recompuesto de manera coherente, se sintió sacudida por la realidad. La magia termina siempre por desaparecer, la realidad acaba siempre por reclamar sus derechos posesorios. Y la realidad era que solo había pasado un mes de la muerte de su esposo.

Permaneció pensativa por varios minutos, que a Julio le parecieron eternos. Él se sentía el hombre más feliz de la tierra y deseaba que ella compartiera con él ese sentimiento puro, indescriptible. Confundido por la reacción de Yazmina le preguntó qué le pasaba. Ella no respondió enseguida, se tomó su tiempo hasta que al fin dijo:

—Julio, no quiero que nadie se entere de esto.

—No ocultaré mi amor por ti.

Julio reflexionó. Esa era una verdad infinitamente triste: ¿de cuántas mujeres puede un hombre adulto enamorarse en el curso de su vida, con solo intercambiar las primeras palabras, con la primera sonrisa, con el primer abrazo? ¿Cuántas mujeres habían despertado en él ese deseo inmediato, no meramente sexual, sino mucho más allá, como una necesidad vital que provoca que la eche de menos con todas sus fuerzas? Solo una. Desde que vio a Yazmina, ella despertó en él sentimientos profundos. Desde ese primer instante, le pareció adorable, pero cuánta, cuánta tristeza había en sus ojos. Un ángel con las alas rotas, perdido en medio de un país extraño, entre familiares de su difunto esposo, casi todos desconocidos. Desorientada y ausente, y a pesar de todo, desde ese mismo momento supo que la amaría por siempre.

Contempló a Yazmina, demasiadas turbulencias, demasiadas emociones revueltas, demasiados sentimientos bloqueaban su capacidad de reacción. La mirada sombría, el aire preocupado, absorta. Como si la vida le pareciera de una insoluble complejidad. Sin pronunciar una sola palabra, en silencio. No el silencio de alguien que escucha, sino el silencio de alguien que calla. La tomó de la mano para ayudarla a cruzar ese puente entre el amor y la culpa, tan difícil de franquear, lo hizo como el que toma de la mano a un niño al que se guía en la oscuridad, y notó que lo inundaba un mar de compasión hacia esa mujer que tanto había sufrido y que tanto amaba.

Después de otra prolongada pausa, Yazmina dijo:

—No se trata de ocultar nuestros sentimientos. No

quiero que me juzguen como una mujer que cambia de hombre así nada más. Ha pasado tan poco tiempo.

—Tranquila, soy un caballero y no comento mis intimidades con nadie y mucho menos cuando una dama está involucrada.

—Espero que tú tampoco me juzgues, yo amaba a Mario.

—No te juzgo. Te amo. Además, sé que me correspondes y cuando tu pensamiento se aclare, aceptarás este amor que es más fuerte que tus miedos.

—No es miedo. Mario solo tiene un mes de muerto.

—En el amor no hay tiempo ni espacio. ¿No has oído hablar de la dimensión del amor? Tú sabes que Mario y yo éramos unidos. Estoy seguro de que él estaría feliz de que te cuide.

—No lo sé, Mario era celoso.

—Pero ahora él no está a tu lado. Dime, ¿qué sientes por mí?

—No lo sé.

—Sí, lo sabes, temblabas en mis brazos, sentí cómo te conmovías.

—No puedo sentir esto, ¡dime que me entiendes!

—Te entiendo, pero solo te pido que aceptes tus sentimientos.

—Julio, te propongo un trato.

—Te escucho.

—Esperemos un año, si después de este tiempo, todavía sentimos lo mismo, entonces y solo entonces hablaremos de nuestros sentimientos y…

—Nos casaremos. Desde aquel día que te sentí temblar con mi abrazo, hice los trámites del divorcio. Mi exmujer está feliz, ella ya tiene novio, o a lo mejor ya lo tenía cuando me abandonó.

—¿Aceptas el trato?

—Acepto. Pero ten la seguridad de que te visitaré con mucha frecuencia.

—Me parece bien.

—¿Se lo dirás a Mercedes?, tú no tienes secretos para ella.

—No, ni a Mercedes, ni a nadie, ¿entendiste?

—Tranquila Yaz, así será. Estoy convencido de que tú también me amas y que dentro de un año seremos pareja.

—Nos casaremos, eso de ser pareja me suena a amor libre y soy una mujer chapada a la antigua.

—Sí, mi dama medieval, nos casaremos y lo haremos por la Iglesia. Mi exmujer no era religiosa y jamás le interesó ese tipo de ceremonias.

—Me alegro, esa era una de mis reservas.

—Te amo y te amaré mucho más dentro de un año.

—Yo también te amo, pero es prudente esperar.

A Yazmina le conmovió la despedida de doña Matilde. La dama se dio cuenta de que ya no estaba triste, que había recobrado su antigua expresión, la que contempló en el vídeo de la boda. Esa franca sonrisa que cautivaba sin proponérselo. La anciana se acercó y tomando una de sus manos entre las suyas le dijo:

—Has vivido momentos trágicos y tu vida se hizo añicos, pero todo pasa, deberás unir esos fragmentos y reconstruirlos. Recobrarás la alegría de compartir tu vida con tus seres queridos y tu entusiasmo, pasión y gozo se volverán contagiosos. Estoy segura de que experimentarás lo imposible haciéndose realidad, en todos los campos del empeño humano y en todos los temas. A medida que vayas abandonando los pensamientos de tristeza y limitación, serás consciente de que somos ilimitados.

Doña Matilde le recordaba mucho a su madre, lectoras constantes de la Biblia, razón por la cual tenían un lenguaje poético similar. Yazmina la escuchaba, en silencio y una amplia sonrisa se dibujó en su bello rostro. Deseaba grabar estas sabias palabras para que le sirvieran de guía en todo lo que le tocaría enfrentar.

—Querida hija, mereces ser feliz. Has nacido con una misión, para aportar algún valor a este mundo. Para ser algo más grande y mejor de lo que eras antes de todo este sufrimiento. Encuéntrale sentido al dolor y lo redimirás. Todas las cosas por las que has pasado, todos los instantes de tu vida, te han preparado para este momento. Imagina lo que puedes hacer a partir de ahora, con todo lo que sabes, con todo lo que has aprendido. Ahora entiendes que eres la creadora de tu destino. ¿Cuántas más cosas tienes que hacer? ¿A cuántas personas más bendecirás por el mero hecho de existir? Nadie puede cantar tu canción, nadie más puede escribir tu historia. ¡Lo que eres y lo que harás empieza ahora!

Yazmina no pudo responder, solo atinó a abrazar aquella mujer maravillosa que había sufrido tanto como ella y que ahora le daba una lección de vida. Doña Matilde correspondió el abrazo y al oído sin que los demás escucharan le dijo:

—Bendigo el amor que sientes por mi hijo y el que él siente por ti.

Yazmina se quedó en silencio, cómo era posible que doña Matilde descubriera su secreto. La contempló sonreída y se percató de que para una madre no hay secretos cuando se trata de un hijo.

Antes de partir para el aeropuerto, llegó Julio con la buena noticia, le habían aprobado sus vacaciones y las acompañaría. Dejó a una enfermera de su confianza encargada en cuidar a doña Matilde. Yazmina y Mercedes prometieron llamarla todos los días.

Cuando llegaron a Panamá, Julio se empeñó en alquilar un vehículo, a pesar de que Mercedes se ofreció a llevarlo, pues ella había dejado su automóvil en el aeropuerto. Yazmina le pidió a su amiga que la llevara. Esta dijo que estaba cansada y le pidió a Julio que lo hiciera. No obstante, Yazmina se ofreció a conducir el auto. Esto le pareció un buen síntoma a Mercedes, ya que era la primera vez desde la muerte de Mario que ella expresaba el deseo de conducir. El tráfico era denso como de costumbre. Yazmina vio que el tanque de gasolina estaba por debajo de la reserva y se detuvo en una estación de combustible.

Lo primero que hizo Yazmina al llegar a su casa fue deshacer sus maletas, Mercedes se ofreció para acompañarla por lo menos esa noche, pero ella se negó. Estaba dispuesta a enfrentar la vida sin miedos.

Yazmina tenía treinta y nueve años, y dentro de seis meses caería el telón sobre la década de los treinta. Solo quedaba un vacío de aquella década que estaba a punto de terminar. Solo vacío. No había conseguido nada de valor, y no había alcanzado ninguna de sus metas. Sus logros se reducían al aburrimiento, nada más. Su trabajo no le proporcionó satisfacción y de su matrimonio con Mario no quedaba nada, solo el triste recuerdo de haber intentado ser feliz.

Ese era el primer día de su nueva vida y antes de disponerse a dormir, meditó. Despidió el pensamiento y oró en silencio. Una experiencia más allá del mundo de los vivos. En sombras, con un velador, y las manos unidas. Esperó al espíritu del difunto. El ambiente era perfecto. Pero la invocación repetida no surtía efecto alguno. Alrededor, continuaba el silencio. Mario no respondía. No daba señales de presencia. Su pensamiento volvió a él, su deseo de sentirlo cerca de ella, no se vio frustrado, algo en el ambiente le dio la certeza de que la escuchaba. Le expresó su amor y le ofreció su perdón si él lo necesitaba. Le pidió que si tenía que darle un mensaje, ella estaba dispuesta a recibirlo por cualquier medio, pues había superado el miedo. También le contó que amaba a Julio y que esperaría un año para que ambos clarificaran sus sentimientos. Antes de despedirse le prometió ser feliz.

Por primera vez en mucho tiempo no recordó sus sueños. En la mañana tenía varias diligencias que hacer y cuando se disponía a salir escuchó el timbre de la puerta. "Esa debe ser Mercedes", pensó. El portero ya la conoce y no la anuncia. Abrió la puerta: era una anciana como de ochenta años, inofensiva. Le preguntó a quién buscaba y ella le respondió que a la esposa de Mario. La hizo pasar y le ofreció asiento.

—¿En qué puedo servirle?

—Soy yo la que viene a prestarle un servicio.

—Dígame, la escucho.

—Necesito que me traiga el portarretrato con la foto de su boda.

Yazmina se sorprendió, sin saber lo que pretendía la anciana. La miró fijamente y ella le sonrió. Enseguida la desarmó, sabía que la ancianita no podía hacerle ningún daño y le siguió la corriente. Fue a su recámara y busco el portarretrato. Se lo entregó y la anciana dijo:

—Casi no reconozco a Mario, cuando me fui estaba más joven y era más delgado.

—¡¿Acaso lo conoció?!

—Claro que sí, era mi nieto.

A Yazmina casi le da un infarto. Su pulso se aceleró y recordó que en una ocasión Mario le mostró la foto de su abuela. Aunque era de cuando se casó con el abuelo Mario, la anciana conservaba aún la belleza que los años marchitan, pero no arruinan.

—No te asustes, querida. Solo vengo a darte un mensaje de Mario.

Yazmina respiró profundo, se había prometido no tener miedo nunca más. Esperó que la anciana continuara.

—Mario recibió la herencia de su padre y no te lo comunicó. La puso en un plazo fijo en el Banco Nacional. El documento está detrás de esta foto. Quiere que lo perdones, no era que desconfiara de ti, sino que lo tenía destinado para hacer la casa de tus sueños y deseaba darte la sorpresa. Pasaron los meses y después vino el problema con la secretaria y esperó un tiempo más propicio. La muerte lo sorprendió, ya sabes.

—Abuela, ¿puedo llamarla así?

—Claro que sí, lo soy.

—¿Usted no está muerta?

—Sí y Mario también. Pero él no quiso venir, ya tú lo despediste y ahora descansa en paz.

—¿Por qué vino usted?

—Esta era mi misión. En mi vida terrenal, siempre dejé que otros resolvieran los problemas, me dejaba llevar por la corriente, nunca hice nada importante. Por esa razón, cuando Mario pidió un voluntario para esta misión, yo me ofrecí.

—Gracias, abuela.

—Abre el portarretrato, quiero saber cuánto hay. Tú sabes que la curiosidad es característica femenina, aunque estemos muertas —dijo la anciana sonriendo.

Yazmina lo abrió y debajo de la foto encontró el documento. El plazo fijo era por la cantidad de cuatrocientos mil dólares y ella era la beneficiaria.

—¿Qué haré con tanto dinero?

—Haz la casa de tus sueños y un negocio que te permita ganarte la vida sin ser empleada de nadie. Múdate de esta casa. Los recuerdos macabros en este apartamento no permitirán que reine la paz.

Yazmina sonrió, ese fue su otro sueño, pero Mario siempre le decía que no valía la pena arriesgar un capital sin la certeza de la ganancia.

Al despedirse, la anciana levantó la mano en señal de saludo y le dijo:

—Una última recomendación de Mario—la anciana hizo una pausa para crear suspenso—. Él aprueba tu relación con Julio.

De repente, la anciana se esfumó y Yazmina se vio recostada en el sofá. Buscó el portarretrato y no lo encontró. Corrió hacia la recámara y lo vio colgado en la pared. "Otra vez los sueños", pensó. Lo descolgó y de un solo tirón le quitó la tapa de atrás, debajo de la fotografía estaba el certificado de plazo fijo por cuatrocientos mil dólares. En ese momento, escuchó el timbre de la puerta, segura de que sería la anciana abrió la puerta de par en par. Era Mercedes que se extrañó de verla con el portarretrato de la fotografía de su boda en la mano.

Yazmina no la dejó hablar y casi a gritos le dijo:

—Soy rica, inmensamente rica.

—¡¿Te sientes bien?!

—Sí, necesito que le digas al sacerdote amigo tuyo que bendiga este apartamento. Ya Mario me dio su último mensaje y quiero que descanse en paz.

—Lo haré con gusto, ahora permíteme hacer una oración frente al espejo. Le conté tu historia de terror a una anciana que me quiere mucho y me dio esta recomendación. Mercedes se encaminó a la recámara de Yazmina y oró:

—San Miguel, defensor y vigía, espíritu puro bajo cuya protección nos puso el Señor, tú que siempre has tenido una estrecha unión con los que necesitan tu ayuda, protege a mi querida amiga Yazmina todos los días de accidentes, acechanzas ocultas, y ataques demoniacos, pidiendo si fuese menester la ayuda de otros ángeles que te ayuden a tal fin. Te ruego San Miguel Arcángel, Príncipe de la milicia celeste, tu total protección durante el día y especialmente durante la noche, cuida de Yazmina.

Las dos amigas oraron por varios minutos. Yazmina encendió una vela cuya luz iluminó el espejo y este solo reflejó la luz que se extendió por toda la habitación como una respuesta a la plegaria. Le comentó a Mercedes que después de tanto horror había comprendido que los escoyos que se presentaban en el camino de la adversidad no eran importantes. Lo importante, era vencer los retos y seguir adelante, recuperar la esperanza y luchar por la felicidad.

—Sí, amiga, ese combate nos bendice y nos da nuevas fuerzas para lograr un reino de paz y amor — concluyó Yazmina.

Mercedes se acercó y la abrazó, expresándole que siempre podía contar con ella.

—Hay algo que no te he contado. Antes de regresar a Panamá, me dejé arrastrar por la pasión y tuve

Mercedes no la dejó terminar y dijo:

—Lo sé, la expresión de Julio lo delató. Ese hombre te ama.

—Es pronto para pensar en un nuevo amor, aunque, Mario me dijo que estaba de acuerdo.

—¿Acaso sigues hablando con Mario?

—No, ya me despedí.

Entonces Yazmina le contó la visita de la abuela, la herencia y la recomendación de que fuera feliz con Julio.

—Merci, por favor, toma la manta que está encima de mi cama, ayúdame a envolver el espejo.

—¿Vas a quitarlo?, pero sí, es precioso.

—Y también maligno, lo guardaré en el depósito del sótano, pero quiero envolverlo en esta manta negra. También pondré la lámpara, pues fue otro regalo del tío Julián.

—Pero, ¡por qué!

—Este espejo es una puerta que quiero cerrar.

—No seas absurda, Yaz.

—Me dan ganas de destruirlo, pero no me atrevo. Lo guardaré envuelto en esta manta negra. Es una decisión tomada. No discutamos más.

—Perfecto, si eso te permite vivir en paz. Pero, que conste que no creo en esas supersticiones.

Yazmina no respondió, colocó el espejo en la manta negra y lo envolvió. Levantó la mirada y le preguntó a su amiga.

—¿Me ayudas?

Mercedes arqueó las cejas en señal de resignación y respondió.

—Claro que sí, amiga.

OBRAS PUBLICADAS

Caminos y encuentros
Y era lo que nadie creía
Travesías mágicas
La noche oscura
La cárcel de temor
Roberto por el buen camino
La raíz de la hoguera
Los ángeles del olvido
No hay Trato
Mujeres en fuga
Agenda para el desastre
Niña bella
El retorno de los bárbaros
El crepitar de la Hoguera
Diagnóstico: N. P. I.
Los misterios del olvido
El arcoíris sobre el pantano
El poder desenmascara
Un grito desde el silencio/ el oscuro abismo del bullying
El murmullo de la sombra
Vida de compromiso
La noche no dura para siempre
Se presume culpable
Veinte años Después
La burbuja invisible
Solo en la noche se observan las estrellas
¿Qué vamos a hacer después de lo que nos hicieron?
En el umbral del olvido